# 我的妈妈叫玫瑰

毛芦芦 著

浙江文艺出版社
Zhejiang Literature & Art Publishing House

**图书在版编目（CIP）数据**

我的妈妈叫玫瑰 / 毛芦芦著. -- 杭州 ：浙江文艺
出版社，2025. 7. -- ISBN 978-7-5339-7901-0

Ⅰ. I247.5

中国国家版本馆 CIP 数据核字第 2025HJ0184 号


| | | | |
|---|---|---|---|
| 图书策划 | 柳明晔 | 特约策划 | 做书文化 |
| 出版统筹 | 许龙桃　王晶琳 | 责任编辑 | 张　可　柳聪颖 |
| 特约编辑 | 邵　年 | 责任校对 | 许红梅 |
| 责任印制 | 吴春娟 | 装帧设计 | 乐读文化 |
| 插画绘制 | 梁卫盈 | | |

**我的妈妈叫玫瑰**

毛芦芦　著

| | |
|---|---|
| 出版发行 | 浙江文艺出版社 |
| 地　　址 | 杭州市环城北路177号 |
| 邮　　编 | 310003 |
| 电　　话 | 0571-85176953（总编办） |
| | 0571-85152727（市场部） |
| 制　　版 | 杭州乐读文化创意有限公司 |
| 印　　刷 | 浙江新华印刷技术有限公司 |
| 开　　本 | 880 毫米 × 1230 毫米　1/32 |
| 字　　数 | 95 千字 |
| 印　　张 | 4.875 |
| 插　　页 | 5 |
| 版　　次 | 2025年7月第1版 |
| 印　　次 | 2025年7月第1次印刷 |
| 书　　号 | ISBN 978-7-5339-7901-0 |
| 定　　价 | 38.00元 |

丽水有着2000多年的种茶历史，这里林木葱茏，四季分明，雨水和阳光十分充沛。在茶农的努力下，龙泉的金观音闻名全国，景宁的惠明茶更在1915年的巴拿马万国博览会上荣获一等金质奖章和证书。近年来，茶农们更是从种植到加工，大力开发茶产业，香茶循环滚炒工艺、茶粉加工等技术引领全国。

丽水人的记忆中，酱油肉、酱鸭、腊肠等美食都是家乡的味道。这里的人们注重食材本身的口味，喜欢鲜、甜、咸、辣的菜肴。当地的美食数不胜数，有外皮酥脆、肉馅饱满的缙云烧饼，有皮脆肉嫩、骨酥味香的松阳煨盐鸡，有红汤鲜辣、香叶绝佳的遂昌鱼头风炉……

乌干达位于非洲的东部，是跨越赤道的内陆国。它东邻肯尼亚，南与坦桑尼亚和卢旺达交界，西与刚果接壤。拥有多个邻居的乌干达还是个多民族国家，文化传统悠久又多彩。在乌干达用羊做礼物不仅能表达诚意与慷慨，还能增添喜庆与欢乐。乌干达人喜欢用香蕉招待客人，香蕉汁、香蕉点心更是风味独特。

不仅中国美食受到乌干达人的喜欢，越来越多的中国产品也沿着"一带一路"来到了辽阔的非洲大地。中国的发明与技术帮助非洲大地上的国家修建起了长长的铁路、稳定的电网与通信设备。因"一带一路"牵手的国家，在热络的交流中迎接更美好的明天……

# 目录

# 和妈妈一起种土豆

小溪在身边弹琴，叮咚，叮咚，叮咚。

小鸟在头顶唱歌，叽哩，叽哩，叽哩。

"妈妈，这里好多鸟呀，你知道是些什么鸟吗？"

"最多的是麻雀吧，你看，麻雀到处都是，它们还在我们的泥墙上做窝呢。"

"还有八哥。八哥最好认，因为它们黑黑的，头上还有一簇翘起来的羽毛！"

"哈哈哈，黑黑的，头上还有一簇翘起来的羽毛，这不就是你嘛！"

"妈妈，这也是你呀，嘻嘻……"

"我们确实像八哥，我们都是黑黑的，还长了一头卷毛，哈哈哈……"

吴小安正跟着妈妈玫瑰在田里种土豆，妈妈还在松土呢，母子俩被一阵阵的鸟鸣和自己的比喻逗得乐不可支，笑得前仰后合。

突然，玫瑰妈妈放下锄头，蹲下来，柔声问儿子："小安，你觉得麻雀和八哥哪个更好看？"

"都好看呀，麻雀圆鼓鼓的，可爱！八哥翘头又翘尾，神气！"

"所以呀，每种鸟都好看，我们也一样，小安你不要怕同学们盯着你看哦！"

"……"本来嘻嘻哈哈的小安，听了妈妈的话，笑容一抖，蓦然从脸上跌落了，就像一只鸟儿扇着翅膀呼啦啦地从他脸上飞走了。

见小安不吭声，玫瑰妈妈连忙换了一个话题："小安，妈妈手酸啦，你来帮妈妈松一下土，好吗？"

"好的，我来，我来！"小安听妈妈这么说，脸上的"笑鸟"唰地又飞回来了，他冲过去拿起妈妈的锄头，想高高举起，再挖下去，锄头却一歪脑袋，砸在了田沟里。

"妈妈，你的锄头太重啦，我只是个七岁的宝宝呀！"小安看着歪脖子锄头，向妈妈撒娇。

妈妈伸出黑黝黝的手掌，摸了摸小安那满头浪花似的卷发说："那好吧，大锄头你拿不动，你还是去背篓里拿个土豆吧，今年的第一个土豆，就由你来种！"

"哇，第一个土豆，由我来种？"

"是啊，你不愿意？"

"愿意！愿意！愿意！"小安一边唱歌似的喊着"愿意"，一边激动地冲向搁在田塍上的大背篓。

很快，他就发出一声惊喜的尖叫："妈妈，这里有把小锄头耶！只有我的脚这么大，木柄也跟我的手臂差不多长、差不多粗，像玩具！"

"这个'玩具'，你喜欢吗？"妈妈得意地笑了，"是我偷偷为你准备的，哈哈哈……"

"喜欢！"小安说着，抓起小锄头，跳到妈妈身边，将小锄头举到头顶，飞快弯下腰，猛力一挥，将小锄头深深插进了泥土中，"看啊，妈妈，我可以帮你松土啦！"

"太好啦，我的儿子长大啦，哈哈哈……"妈妈说着，又一阵大笑。

小安当然也跟着妈妈笑了起来。

他和妈妈一起松土，妈妈用大锄头，他用小锄头。

他和妈妈一起平整土地，妈妈将农田划成一个个长方形，他则不断地将田里的小石块儿挑出来扔到身旁的小溪里。

小溪叮咚叮咚的歌，变成了扑通扑通的曲。

看着不时飞溅起来的水花，妈妈大笑，小安也大笑。那块农田，就像长出了欢乐的翅膀，几乎要飞起来啦！

终于，要开始种土豆了。

妈妈先用大锄头将平整好的地块划出一道长长的浅沟，然后冲小安招招手说："小安，拿土豆来！"

"好，来啦，来啦！"很快，一个土豆就被小安送到了妈妈面前，"妈妈，你看，这土豆真好玩，还长着头发呢！"

"这头发，就是土豆芽，有它们，土豆种下去才会很快长出来！"

"好吧，那我要种下去啦，妈妈，你说的，第一个土豆要由我来种的！"

"儿子，等一下，不能整个儿种，一个土豆要切成两半，分两次种，否则这么一大片地，我们带来的土豆不够种的！"

"怎么分？"小安捧着那个土豆，问妈妈。

"你再去背篓里找一找，看里面还有什么！"妈妈再次笑着卖起了关子。

小安呼啦啦冲到背篓前，探头朝里一看，又用手拨弄了几下，然后开心地叫道："有把小刀，有套子的，可以切土豆！"

"哈哈哈……"妈妈又得意地笑了，土豆田，仿佛又长出了快乐的翅膀，兴奋得要飞起来啦！

很快，那个发芽的土豆就被妈妈切成了两半。两块土豆上，都顶着一簇小芽，一簇是小绿芽，一簇是小红芽。

妈妈问小安："你喜欢小红芽，还是小绿芽？"

"都喜欢，怎么办？"

"那两块都由你来种吧！"

"耶耶耶！"小安一边欢呼，一边拿着两块带芽的土豆，就要往土里插去，可在即将碰到泥土时，他又将小手悬住了，"妈妈，这芽儿是朝上放呢，还是向下？"

"这个嘛，我听人说过，芽儿朝上放，土豆会结得少一些，但个子要大一些。芽儿朝下嘛，土豆会结得多一些，但个子要小一些。你决定吧，芽儿朝上也可以，朝下也可以！"妈妈鼓励小安自己做主。

"那我就朝下放了啊，我要多多的小土豆，小土豆最好吃啦！"

小安说着，就把两块土豆埋在了一起，小红芽朝下，小绿芽也朝下。

"小安，不对，不对，这两块土豆要隔开种，你用脚量一下，隔两只脚的距离就可以啦！"

"哇，用脚量！"小安听了妈妈的话，开心得跳了起来。他一只脚踩进了妈妈划开的浅沟，然后另一只脚跟了上去，"好了，我量好了，第二块土豆就种在这里！"

话音未落，他就迫不及待地把第二块土豆种了下去。是那块发绿芽的土豆。

"好，现在你把土盖上，那今年的第一颗土豆，还有第二颗土豆就都种好啦！"

小安根据妈妈的指示，用手捧起泥土，小心翼翼地盖在两块土豆上。一旁的妈妈马上冲他竖起大拇指，欢呼道："小安，你太了不起了，会种土豆了哦，哈哈哈……"

夸得小安又羞涩又自豪地伸手摸了摸自己的脑袋。哎呀，不好，手上的泥巴全粘在了短短的卷发上。卷发那密密麻麻的旋涡里，立刻开出了一朵朵黄土之花，又俏皮又滑稽。妈妈见了，自然又笑得前仰后合。

吴小安就这样和爱笑的妈妈一起，花了大半天时间，把半亩田的土豆全种上了。

当他们回到小山坡上的家，屋后那棵高高的泡桐树，仿佛想念他们了，忙在风中撒下一把花。有一朵正好"吧嗒"一声打在了小安的脑袋瓜上。

"这花，多像小喇叭啊！"小安从头上摸下那朵浅紫的泡桐花，看了一眼，感叹了一句，然后情不自禁地把花喇叭放进嘴里吹了起来。

"嘘嘘……"小安没能吹出什么曲调，只听到了自己嘴里发出的嘘嘘声，可片刻后，他就惊讶地喊道，"哎呀，妈妈，这花是甜的！"

"这花里有蜜呀！小安，小安，你现在变成一只小蜜蜂啦！"

小安听了妈妈的话，忙把花塞到妈妈嘴里，说："嗡嗡嗡，嗡嗡嗡，我是小蜜蜂，妈妈也来做蜜蜂……"

就这样，家门口的院子里，又洒满了小安和妈妈欢乐的笑声。

渐渐地，日头西斜了，太阳落山了。

妈妈在厨房外的水渠旁洗菜，准备烧晚饭。小安则跑到屋后，抱着那棵高高的泡桐树，笑眯眯地听鸟鸣。

日落时分，鸟儿们纷纷归巢了。屋后的山上，叽叽喳喳的鸟鸣，就像下暴雨似的，在小山上冲出了一条条鸟鸣之溪、一道道鸟鸣之瀑、一片片鸟鸣之洪。

那繁密的鸟叫声，真的很像小溪在流淌，瀑布在冲刷，洪水在泛滥。

小安在噗哒噗哒的泡桐落花声中，静听着鸟鸣，还拼命抬着头，想看清那些鸟儿的样子。有些鸟儿羽毛鲜艳极了，像彩虹飞过林梢。有些鸟儿黑白分明，像用白纸在树林里写了一个个"黑"字。有些鸟儿灰不溜丢的，翅尖上好像挑着一抹抹灰云，把满天的暮色都拽进了树林。

突然，一只浑身洁白的大鸟，嘎嘎大叫着，扑扇着长长的翅膀，栖息在小安头顶的泡桐树上，仿佛被密密匝匝的泡桐花托了起来，这场景简直美若梦境。

小安脱口而出，喊出了这大鸟的名字："白鹭，白鹭，你回来啦?"

原来，这棵泡桐树是白鹭的家。

而树旁那白墙红瓦的屋子，是小安的家。

恰在白鹭回家之际，妈妈的呼唤声从厨房的窗子里传了出来："小安，快回来吃饭喽！"

小安飞奔回家，看见妈妈给他炒了牛肉土豆丝、菜心年糕，还给他蒸了鸡蛋羹，他欢喜地大叫了一声："哇哦！"便端起妈妈给他盛好的米饭，大口大口地吃了起来。

妈妈看着小安狼吞虎咽的样子，嘴角不自觉地漾开一丝微笑，自己也端起饭碗，开吃了。

"妈妈，我又看见白鹭啦！爸爸告诉我，我们屋后的泡桐树是白鹭的家，这是真的，我已经好几次看见白鹭回家啦！"

"爸爸从小就生活在这座山里，懂得很多很多东西哦，他做过篾匠、木匠、泥水匠，现在又做了厨师，你爸爸很聪明的……"

一提到爸爸，妈妈就滔滔不绝地赞美起来。

小安嘻嘻一笑："爸爸很聪明，所以你才从乌干达来到中国，嫁给了爸爸，成了这里独一无二的非洲媳妇、珍贵无比的黑玫瑰呀！"

"人光靠聪明是不够的，还要勤劳、坚强、善良、体贴……"

"哎呀，你这是在说爸爸吗？我知道，爸爸也是独一无二、珍贵无比的！"

"小安，爸爸妈妈在你心里，有这么好吗？独一无二，还珍贵无比？"

"当然呀！"

"那这些词你是从哪里学来的，我可不会说呀！"

"幼儿园里呗！"

"那你为什么不愿意去上学？"

"这……"听妈妈又提起这个话题，小安立马语塞了。

"小安，明天就是星期一了，你必须去上学呀，不能逃避哦！"妈妈抱住小安，用大大的手掌托住了小安的脸颊，不让小安低下头去。

"不是跟你说过了吗？他们说我跟别人不一样，像一块黑炭，就爱盯着我看呀看呀，我……"小安艰难地开了口，大大的眼睛里一下子蓄满了泪水。

"每个人都跟别人不一样啊！正因为跟别人不一样，我们才是自己呀！"

"可他们都和我不一样，他们不会走到哪里，都被人围着看！"

"看就看吧，妈妈刚嫁给你爸爸，刚来到这里时，也整天被人围着看。起先我也不自在，烦死了！可后来我明白了，他们的目光都是友好的，他们只是好奇，没有恶意，小安，你的同学们也一样只是好奇，没有恶意呀！"

听到这里，小安立刻抬起大眼睛，盯着妈妈问："什么是好奇的目光？什么是恶意的目光？"

"好奇的目光嘛，就像你现在这样，眼睛亮闪闪的，很可爱！恶意的目光嘛，就是像我这样，阴沉沉的，很可怕！"妈妈说着，故意让自己流露出一道阴沉沉、恶狠狠的目光。

"哎呀，我怕！他们才不会这么看我哪！"小安立刻尖叫着扎进了妈妈的怀里。

"所以呀，他们盯着你看，是因为好奇，因为你是独一无二、珍贵无比的，懂了吗？"

"嗯嗯嗯……"

"那你明天去不去上学？"

"我去！"小安低声嘟囔，"真希望爸爸能跟你一起送我去上学！"

"爸爸在外面打工，就是希望你能好好读书，我们能过上好日子啊！"

"好吧，我知道的……"小安温顺地回应着妈妈，还情不自禁地伸手摸了摸妈妈的脸蛋，"嘻嘻，你叫玫瑰，是独一无二、珍贵无比的非洲黑玫瑰！"

"你也是啊，我的中非混血儿，我独一无二、珍贵无比的好宝贝，哈哈哈……"

终于，嘹亮的笑声，再一次给这山中小屋系上了欢愉飞翔的翅膀。

"咕咕，咕咕……"屋后，林子里的白鹭、八哥、麻雀等鸟儿，都发出了甜蜜的梦呓……

# 勇敢的笋干

"叽，叽叽叽，啾啾，啾啾啾……"第二天早晨，小安醒了，被屋后的鸟鸣吵醒了，这是他最熟悉的八哥的叫声。

八哥的叫声好嘹亮，其中还夹杂着其他一些鸟类的鸣叫声："咕咕……""叽哩，叽哩……""笃笃笃……"

"八哥，八哥，我知道你是领唱！"小安笑眯眯地冲窗外的林子嘀咕道。他之所以知道有"领唱"这回事，是因为去年的元旦会演，幼儿园老师叫他做了一回"领唱"。唱的是什么歌呢？《祖国的花朵》。

一想起那首歌，小安就不由得哼了起来："我们是祖国的花朵，阳光下尽情唱着歌。看我们幸福的生活，像花儿五彩的颜色……"

可是，当他哼到"五彩的颜色"时，却忽然像被什么东西呛住了一样，嘴巴还圆张着，却突然不发声了，因为他又想起了那个声音："是黑的！不是五彩的！"然后，就是一片"哈哈"的笑声。

这个声音不重，笑声也轻，因为说的人是捂着嘴说的，笑的人也都是捂着嘴笑的。可是小安听见了，当即，他就忘了下面的歌词。好在其他小朋友都没忘记，而且他领唱的部分也恰好是前面这几句，所以他们幼儿园大班的合唱还是顺顺利利地完成了，最后还赢得了热烈的掌声。看高高、黑黑的妈妈也在人群后面热烈地鼓掌，还跳起来鼓掌了，小安决定什么也不说。

但那个声音，那片笑声，从此，在他心里挖了一个坑，他的思绪时不时就会掉进那个坑里去。

就像现在，他感觉自己又掉进那个坑里去了。所以他猛地一挣扎，跳下床，推开房门，不顾从厨房那边飘来的扑鼻香味——那么香，妈妈一定是在给他煎荷包蛋，就冲进院子，然后拼命朝坡下的小溪边跑去。

他也不知道自己为什么要跑，就是感觉心坑里那个叫"害怕"的东西又来追赶他了。他只知道，自己不想去上学。因为大前天，老师说他们幼儿园大班的孩子就快毕业了，要报名去读小学了，小学里，会有很多新的面孔、新的朋友、新的声音。

"是黑的，不是五彩的！"当老师说到"新的声音"时，小安的心坑里又不由自主地冒出了这句话，所以放学后他明确地告诉妈妈，他以后再也不想上学了，更不想去读小学，不想看到新的面孔，不想听到新的声音。

"啊，为什么？"妈妈惊讶极了，着急忙慌地问。

"就是不想上，不想被大家围着看，因为我和他们不一样！"小安用耳语似的声音告诉妈妈，接着就不吭声了，任凭妈妈怎么劝说、安慰，就是不想再跟妈妈讨论这个话题，因为他已经把自己的决定告诉妈妈了——他不想上学！

昨天起床后，妈妈竟好像忘了他不愿去上学这件事，提议小安跟她一起去种土豆。哎呀，都已经四月底了，乡亲们种的土豆老早就青翠一片了，他们却刚踏上种土豆之旅。

不过，和妈妈一起种土豆，真的好快乐呀！

种着种着，小安竟不知不觉地答应了妈妈去上学的要求，唉……

此刻，他后悔了，他不要去上学，现在不要去，以后不要去，永远也不要去，他可不想看到新的面孔，听到新的声音！

所以他奋力地跑出院子，跑下门前的斜坡，跑到小溪边，一头扎进了自家的土豆田里。

奇怪，一来到土豆田，小安满心的委屈、懊悔就被一个新问题呼啦一下推开了："咦，都过了一夜啦，土豆苗怎么还没长出来啊？昨天，我和妈妈种下去的土豆，不是一个个都发芽了吗？"

小安望着空空荡荡的土豆田，纳闷地低下头，弓起腰，撅着屁股，开始一个一个地检查那些土豆窝。

没有，真的没有长出一个土豆苗苗来！

小安好沮丧呀，一屁股坐在了土豆田里。

"小安，小安，你这一大早的，在干什么?"村里的叶大爷正好牵牛路过——他是村里的养牛人，养了一头黄母牛，一头小母牛，还有一头不大不小的公牛。

哇，小安最喜欢叶大爷的小母牛了，它毛色浅黄，额上的头发还打着旋儿，像顶着一朵菊花。它的大眼睛晶亮晶亮的，好像所有的星星和清水都藏进了它的眼睛里。有一次小安还看到它傻乎乎地去追一只小鸡呢! 小安简直太喜欢这头小牛啦! 所以，他一见到它，就忘了一切烦恼，当然也忘了土豆长没长苗的事，立刻冲小牛跑了过去:"小牛，小牛，我喜欢你!"

小安伸手搂住了小牛的脖子，小牛温顺地朝他扭过头，哈出了一口带着奶腥味的气息，害小安猛地打了个喷嚏。

"嗨嗨嗨，小安，你这么喜欢我的小牛，我看，你还是别去上学啦，就跟我放牛去吧!"叶大爷跟小安开玩笑。

小安却当真了，他突然放开小牛，像弹簧似的跳了起来，一把抱住了叶大爷:"哇，大爷，你知道我不想去上学呀? 好的，以后我就帮你去放牛! 我要天天、天天跟着你放牛!"

"啊，你还真想跟我去放牛?"叶大爷脸上的笑容突然被小安的话冻住了，赶紧冲小安摆着手说，"小孩子怎么能不去上学呢? 我就是因为小时候不愿上学，才当了一辈子牛倌。你可不能学我！去去去，我不要你放牛！"

叶大爷说着想挣开小安，牵牛离开，没想到，小安却抱着他不愿撒手，还委屈万分地大哭起来："大爷你骗人！我就要跟你去放牛，我就要跟你去放牛！"

"这孩子，怎么好端端的我跟你开个玩笑，你还赖上我啦?! 哎呀，你这孩子怎么啦？平时都那么开心的，今天怎么啦？唉，你这孩子……"叶大爷被小安吓到了，他想推开小安，小安却抱得更紧了。

一旁的母牛担心主人的安危，仰脖大叫："哞……"

这时斜坡上忽然冲下一个女人，大叫道："小安，小安，你怎么哭啦？我刚才找你吃早饭，没找到，你怎么跑到这里哭起来啦？"

"大爷刚刚说让我别上学，跟他去放牛！可马上又说不要我啦！呜呜呜，大爷骗人，大爷是个骗人精！"小安听见妈妈的声音，看见妈妈像救火似的冲他跑了过来，哭得更委屈了。

"我跟他开玩笑呢，没想到他当真啦！不好意思啊，非洲媳妇！"叶大爷每次见了玫瑰都喊她非洲媳妇，这次也一样。

"没事，没事，你去放牛吧，我来安慰小安。"妈妈大度地冲叶大爷挥挥手，还跟他说，"谢谢你啊，老人家！"

"非洲媳妇，大家都夸你脾气好，我看你真是少有的好脾气！我把你儿子惹哭了，你还要谢谢我，真抱歉啊！"叶大爷感动地说。

"你对小安这么好，每次都让他抱你的小牛，我才真的要谢谢你啊！"妈妈再次跟叶大爷道谢。

"不好意思，不好意思，把小安弄哭啦！"叶大爷又一次跟妈妈道歉。

这回，不等妈妈再说什么，小安马上哽咽着抢先回道："没关系！谢谢大爷！我还是想跟你去放牛，可以吗？"

"那……"叶大爷被小安的话噎住了，稍微思忖了一下，说道，"好，等你放暑假，我就让你跟我去放牛！"

"好的，好的，到时你可不能再反悔了！咱们还是拉个钩吧！"小安脸上还挂着泪呢，就喜笑颜开地放开抱着叶大爷的手，举起来，要跟叶大爷拉钩。

叶大爷被这小家伙感动了，小拇指猛地伸过来，跟小安拉了个大钩钩。

小安激动得回身搂住小牛，在它额头的发旋上喜滋滋地亲了一口，这才把小牛放开。

看小母牛紧跟在自己妈妈的屁股后面，和自己的哥哥一起，随叶大爷慢慢远去，小安情不自禁地也抱住了自己妈妈的腰。

妈妈却捉着他的双手，蹲下来，严肃地问他："你是不是还不想去上学？"

"嗯……"小安用力点了点头。

"那好吧，今天你陪我去镇上卖笋干吧！先回去吃早饭，吃了早饭，才有力气干活！"妈妈用不容商量的语气对小安说道。

小安喜欢平时那个总是笑呵呵的妈妈，现在这个严肃的妈妈，让他有点不安，他乖乖地跟妈妈回了家，还埋头飞快地吃起了早餐——一碗鲜笋荷包蛋面条。

小安刚把这碗美味的面条吃完，妈妈就搬出了一个大背篓，正是昨天他们装土豆秧、小锄头和小刀的大竹篓，现在背篓里装满了笋干，这可是妈妈挖笋、蒸煮、晾晒了一整个春天的成果。

"看，这背篓里，有三十斤笋干，昨夜你睡着时，我都称好、包好了，五斤一袋的有两包，三斤一袋的有四包，两斤一袋的有四包，现在我们把它们搬上电动车，你跟我一起到镇上卖笋干去！"妈妈还是用不容分说的口吻对小安说道。

很快，小安就跟妈妈出发了。跟上学是同一条公路，因为小安的幼儿园也在镇上。但今天妈妈的电动车不一样了。妈妈把背篓扎在了后座上，所以妈妈的电动车看上去就像安了一个高高厚厚的大靠背。

小安呢，就站在电动车的踏板上，偎依在妈妈胸前，默默地跟妈妈往镇上"走"去。对了，今天电动车上的气氛也不一样，平时送他上学，妈妈和他总是说啊笑啊唱啊的，电动车就像一架热闹的电唱机，今天妈妈沉默了，电动车一路驶去，变成了一部无声电影。

好在去镇上的路只有两三公里，不到半小时，妈妈就把电动车停在了一个修鞋小摊前。

"刘姐好!"妈妈见了那修鞋师傅,很亲热地与她打招呼,并把车停了下来。

"哎呀,今天小安还没去上学?"刘姐见玫瑰带着小安,呼啦一下就从小马扎上站了起来,还笑意盈盈地递过一个保温盒,"小安,阿姨这里有粽子,是阿姨昨天包的芋头粽,很好吃的,你吃一个吧!"

"不用啦!他刚刚在家里吃过面条啦!这粽子是你给自己带的午饭吧?你自己留着吃吧!"妈妈连忙把刘姐的保温盒推了回去。

小安本想伸手去接,这时有点尴尬,就用手撸了撸自己的一头卷发。

刘姐的注意力一下子就集中到了他的脑袋上,笑道:"好可爱的一头小卷毛呀!"

"可爱有什么用!"妈妈叹了口气,说,"这么小,还没去读小学,他就不想上学了,所以我要他来帮我卖笋干!"

"啊,这么小的孩子,有时不想去上学是难免的嘛,你叫他帮你卖什么笋干?"刘姐差点没惊掉下巴。

"我在乌干达老家,像他这么小的时候,已经帮我爸爸下地干农活啦!他既然不想上学,就要开始干活了呀!人不干活,是没饭吃的呀!"

妈妈边说,边把电动车拖到刘姐修鞋摊后面的墙角放好,然后背上一背篓笋干,冲小安招招手:"小安,快来,我来背,你来喊，我们卖笋干去！"

"去哪里？"小安小声地问。

"大街上，小巷里，菜市场里，到处都可以去呀！"妈妈脱口而出，回答得很轻松，仿佛她是要带小安去逛街，去买小零食一样。

小安忍不住打了个寒噤，抓住妈妈的手说："我怕……"

"没事，不要害怕你的'怕'，无论遇到什么，一咬牙，勇敢面对就是啦！"妈妈鼓励小安，"我先喊一声，然后你跟着我喊哈！"

不待小安回答，妈妈就放声吆喝起来："卖笋干啦！刚晒的笋干，香喷喷的笋干，十五块钱一斤！"

妈妈这一嗓子喊出去，立刻有个男人朝这边看了过来。

"买笋干不？"妈妈迎着那人的目光，笑着问。

"我自己家里也有毛竹山的，家里也晒了很多笋干。"那人连忙冲妈妈摇手，还说出了自己不买的理由。

"好的，既然你自己家里有，干吗还要买我家的？哈哈哈，我放过你啦！"妈妈表示理解，还不忘跟那人开玩笑。

那人走开了，临走前，还冲小安母子友好一笑。

小安仰头看着妈妈，发现这时的妈妈有点陌生。他觉得妈妈很了不起，居然能这样回答拒绝买笋干的人，妈妈真的好勇敢，而且好幽默！

"妈妈……"小安深情地呼唤妈妈。

妈妈却轻轻拍了一下他的肩膀说："现在轮到你来喊啦！"

"我……我……"小安后退了几步，感觉自己的喉咙好像被一个皮球塞住了。

"唉，小安，这背篓很重的，要是卖不掉笋干，妈妈一直背着它，腰恐怕都要被压断啦！"妈妈背着背篓，气喘吁吁地诉苦。

小安听了妈妈的话，感觉那背篓一下子就压到了他心上。

为了让妈妈摆脱这个沉重的背篓，小安只好一咬牙，一闭眼，不管不顾地喊了起来："卖笋干喽！我妈妈刚晒的笋干，香喷喷的笋干，十五块钱一斤！"

喊完，他感觉自己脑子里一片空白，而且，四周好像静悄无声。

他不敢睁开眼睛，再次不管不顾地喊了起来："卖笋干喽！我妈妈刚晒的笋干，香喷喷的笋干，十五块钱一斤！"

喊完，怎么脑子里还是空白一片呢，四周依然静悄悄的？小安想是不是自己喊得太小声了，于是就放开喉咙大喊："卖笋干喽！我妈妈刚晒的笋干，香喷喷的笋干，十五块钱一斤！"

这次，还是没有人应声，于是，小安又更大声地叫道："卖笋干喽！我妈妈刚晒的笋干，香喷喷的笋干，十五块钱一斤！"

"笋干吗？我这里要！"

啊，小安终于听到了回应，街边有个苍老的声音冲他们母子这么喊道。

小安惊喜地睁开了眼睛，哇，他吓坏了，因为他发现他和妈妈周围已经站满了人。大家都笑眯眯地看着他们，像在看两只猴子！

"妈妈，妈妈！"他赶紧往妈妈屁股后面躲去，脑袋却不小心碰到了背篓。

"孩子，没碰痛吧?"又是那个苍老的声音，关切地问他。

原来是街边一个开茶叶店的老爷爷在关心他，而且还要买他的笋干。

小安不禁冲那茶叶店老板粲然一笑说："不痛，不痛，一点儿也不痛！"

很快，第一笔生意做成了，那老爷爷买了五斤笋干。

妈妈高兴得跳了起来："谢谢老板！谢谢老板！也谢谢我的好儿子，我们成功啦！第一笔生意做成啦！啊，太开心啦！"

"非洲媳妇，你有个好儿子呀！"茶叶店老板夸妈妈，也夸小安。

四周围观的人，都笑着，主动为妈妈和小安鼓起掌来。

看着那些人的笑容，听着那些人的掌声，小安突然感受到一股前所未有的暖流涌上自己的心坎。

他一仰脖子，又大喊了一声："卖笋干喽！我妈妈刚晒的笋干，香喷喷的笋干，十五块钱一斤！"

"哈哈，这个孩子好啊，这么小就会帮妈妈做生意啦，孝顺！"

"好玩，真是一个可爱的小家伙！"

"长大了一定了不得！"

"必须为这个黑娃点赞，太勇敢啦！"

四周的人都这么夸他。

有人夸他勇敢哪！小安听到这里，激动坏了，忍不住又猛地吆喝道："卖笋干喽！我妈妈刚晒的笋干，香喷喷的笋干，十五块钱一斤！"

"我要买三斤。"一个阿姨说道。

"我要两斤。"一个叔叔说道。

哈哈，在小安的吆喝下，妈妈又做成了两笔生意。

妈妈乐滋滋地背着背篓，拉着小安，继续在小镇的大街小巷"溜达"着。

不过，这回母子俩是边走边笑边叫卖："卖笋干喽！刚刚晒的笋干，香喷喷的笋干，很好吃的笋干，十五块钱一斤喽！"

不知不觉间，他们成了小镇上一道独特的风景，他们母子皮肤都黑黑的，可身上好似裹着一道快乐的金光，照亮了所有遇见他们的人。

在吃午饭前，最后两袋三斤装的笋干，也分别被一个牙医和一位裁缝师傅买了去。牙医伯伯说："看你们母子这么开心，我真希望吃了你们的笋干，我也能变得快快乐乐的，永远没烦恼！"

裁缝师傅是牙医的邻居，她马上反驳牙医道："他们难道就没有烦恼吗？我看，是因为他们特别坚强乐观！你知道吗？这小镇上，我最佩服的人，就是这非洲媳妇玫瑰！她一个人不远万里嫁到这里时，连一句中文都不会说呢！但她不怕，她拼命学，几个月就会说普通话了，但那时还说得磕磕绊绊的。她说着磕磕绊绊的普通话，就出来找活干了，帮人摘过茶叶、摘过油茶果，跟刘姐学过补鞋，还摆摊卖过衣服。后来因为生宝宝，才回了家，但你看她，照样一刻也不闲着，又来卖笋干了，所以我特别佩服她！"

裁缝师傅说了这么一长串话后，转头紧紧拉住了玫瑰的手。

裁缝师傅有六十来岁了，很白净，很矮小，像个长了皱纹的小雪人，而玫瑰是那么年轻、高挑、健美，像一尊鲜活的黑檀木雕像，她们站在一起，对比好鲜明。但她们的笑简直一模一样，好像有相同的光芒源源不断地从她们的眼睛里闪射出来。

"啊，原来妈妈做过这么多事情，你太勇敢啦！太了不起啦！"小安看裁缝师傅和妈妈握在一起的手，忍不住惊叹。

"就是啊，小家伙，你可要向你妈妈学习啊！"牙医伯伯边说边拍了拍小安的脑袋。

小安用力点点头。

这半天卖笋干的经历，教给他的东西太多太多了。

他突然发现，心里那个叫"害怕"的坑，已被一股勇气和自信填满了！他的"害怕"被挤得那么小，那么小，好像不知不觉已经消失不见啦！

# 茶园
# 不寂寞

又一个周六，清晨，小安被八哥吵醒了。这是一只超级大八哥，个子高高的，都快赶上屋后的泡桐树了。眼睛大大的，犹如两颗甜杏子。声音脆脆的，就像香梨一样鲜嫩多汁。

哦，这八哥的声音真好吃！

小安咂咂嘴巴，嘟嚷了一句："八哥八哥，你别叫！"这才睁开眼睛。

呀，那哪是什么八哥，分明是妈妈站在他床前呀！

不过，妈妈手上端着一个托盘，盘子里真有个削了皮的鲜嫩多汁的香梨，还有一个大大的鸡蛋饼。

"快起来，小安，你昨晚不是答应我，今天要和我一起去采茶叶吗？"妈妈笑着把鸡蛋饼凑到他鼻子前，"闻闻，香吧？是你爸爸在电话里教我做的，第一次就做成功啦！哈哈哈，妈妈聪明吧？快起来，吃了鸡蛋饼，我们就去采茶叶，到倪霞阿姨的茶园里去做工！"

"是帮忙吧？"

"是帮忙也是做工，因为倪霞阿姨要给我们工钱的呀！"

"哇，那她要给你多少钱？"

"我们是多劳多得，不包吃，不包住，采一斤青茶六十块钱，采得越多工资越多，所以你要去帮帮妈妈呀，也去帮帮倪霞阿姨！"

"好，我们去吧！"小安听了，从床上一跃而起，抓起鸡蛋饼就往门外跑去。

"喂喂，吴小安，记得要先吃水果，快，先把香梨吃了！"妈妈追了上去。

小安却躲开妈妈，大口大口地吃起鸡蛋饼，还扬起一张油滋滋的小嘴，使劲夸妈妈："妈妈，你做的鸡蛋饼，好好吃！你也太厉害啦，跟爸爸一样，像个大厨师！"

"我哪比得上你爸爸，你爸爸才厉害，虽然是个普通农民，却什么都会做！"

"那爸爸也会采茶叶吗？"

"怎么不会？采茶叶，只要有手的人都会采的呀！"

"那我们家干吗不跟倪霞阿姨家一样，也种一大片茶园？我们只有屋旁山上一小片……"

"啊，这个……我怎么没想到，儿子，你太聪明啦，我等下就去问问倪霞他们，看我们能不能也种一片大茶树！"

"好啊，好啊，我们自己也要有茶园啦！"小安憧憬着美好的未来，三下五除二，吃了鸡蛋饼，还乖乖吃了香梨，然后迫不及待地背上小竹篓，跟妈妈踏上了去茶园的路。

倪霞阿姨的茶园，在小溪另一边的小山上，跟小安家隔着大半个村庄。

小安跟妈妈刚走到小溪边，就看见两只白鹭在水里觅食。

"啊，有两只啦？"小安惊呼。

"这对白鹭好像已经结婚啦，很快就要开始孵自己的宝宝啦！"

"哇哦……"小安看着那对白鹭，大眼睛里充满了激动和惊喜，仿佛他立刻就要成为"鹭舅舅"了呢！他挽起裤子就想下水去亲近白鹭。

可不等他靠近，白鹭就呼呼地扇动着长翅，飞走了。

小安有些沮丧地站在岸边，妈妈撸撸他的头发说："小安，专心走路，别忘了我们今天是去采茶叶的！"

"好吧……"小安轻轻应道。

实际上，他根本就不能"专心走路"，因为村子里的鸡鸭鹅太多了，还有一只只的黄狗和黑狗，一只只的大猫和小猫，它们都是那么可爱，都喔喔叫着，咯咯叫着，汪汪叫着，喵喵叫着，想粘住小安的脚步。

有户人家更有趣，竟把三只小羊拴在同一棵橘树上，树下扔着一大堆开着黄花的白菜，让小羊儿自己吃早饭。

看小羊儿努着小嘴吃菜菜那才好玩呢，因为吃着吃着，它们就把黄色的花粉蹭到了鼻子上、脸颊上，像戏台上的小丑，却又那么可爱！

所以小安蹲在那户人家的篱笆前，挪不动脚步了。

"走喽走喽，再不去采茶叶，茶叶就要老掉喽！"最后，小安的衣领被妈妈高高拎了起来，他这才恋恋不舍地离开那三只小羊……

终于，茶园到了。它像一个睡美人穿着一件大绿袍，斜躺在山坡上，朝阳暖暖地照着它，它也不醒，只是轻轻颤抖着，抖出了满山的翠波绿浪。那绿色的波浪，一层层往山顶翻去，整座茶山，在小安眼里，突然就从睡美人变成了一个大绿湖……绿绿的湖水，是往山顶涌去的，而山顶上空有白云，所以绿湖又蓦然变成了一架登天的梯子。一畦茶树就是一个台阶，无数个台阶，慢慢奔向白云，大地就这样自然而然地和天空拥抱在一起……

"哇，这茶园，比化了妆的妈妈还好看！"面对茶园美景，小安感慨万千，却苦于不知如何表达，最后想出了这么一句话。

恰在此时，又瘦又美的倪霞来到了玫瑰和小安身边。她听见小安如此赞美她的茶园，忍不住仰起脖子哈哈大笑："玫瑰啊玫瑰，瞧你生了一个多好的儿子！"

"你可要加油，赶紧结婚生孩子啊！"

"这满山的茶树，不都是我的孩子吗？"倪霞指着满山的茶树，自豪地说。

"哈哈，你这国外留学归来的研究生，想法就是跟我们不一样！虽然我们都是1993年出生的，年纪一样，可我的观念比你的落后了好多呀！"妈妈笑着夸倪霞。

"玫瑰，你可不要妄自菲薄！要说开拓精神，你可是我们全县第一名！你完全是赤手空拳，孤身万里，来我们这里投入了一种全新而未知的生活，你太有胆识啦，我佩服！"

小安仰着头，眨巴着一双大眼睛，静静地听倪霞阿姨说话，虽然他根本不懂什么是"妄自菲薄"，妈妈恐怕更不懂，但他知道，倪霞阿姨这是在使劲夸他妈妈呢。所以，他勇敢地一挺身子，对倪霞阿姨说道："霞霞阿姨，我们也想有一片自己的茶园，你能帮助我们吗？"

"哇——"倪霞阿姨惊讶地望着小安，说，"小安，你这么小，就有如此的志向，真棒！我一定会帮助你们的！等这一季茶叶采过之后，我们就开工！我看，你们屋旁的那片小山，种茶就很不错！"

"是啊，那里本来就有片小茶园的！"小安听了倪霞阿姨的话，喜不自禁地用手摸了摸自己的卷发，然后冲倪霞阿姨高高地举起他的右手小拇指说，"那就一言为定喽，我们来拉钩！"

"哇哦，还要与我订合同呀，好好好！"倪霞阿姨大笑着，与小安拉了钩钩。

这时，妈妈也笑着伸手与倪霞阿姨拉了个大钩钩。

哈哈哈，就在妈妈和倪霞阿姨的大笑声中，小安兴高采烈地把小手伸到一棵茶树上，摘下了一个鲜嫩鲜嫩的苞芽。他把那个茶叶芽儿放在鼻子前闻了闻，那股清香就像孙悟空似的，一下子就钻进了他的五脏六腑，他感觉有点痒痒的，所以就对着那茶叶芽儿笑出了声。

"小安，你真是一个傻孩子！"妈妈看到小安对茶叶痴迷不已的样子，忍不住笑着感叹道。

"真棒，小安，说不定长大后你能成为一个了不起的茶叶专家呢！"倪霞阿姨伸出大拇指，使劲夸他。

"这不是头茬茶了，早在清明节前，我们茶园的摘茶工作就开始了。但很多人反而更喜欢现在的茶叶，说四月底五月初的茶叶，喝起来更有劲、更香醇！小安，你只管把茶树顶端最嫩的小芽、小叶采下就是，当然，也要好好爱护茶树，别让茶树受伤，记住，茶树也像你们小朋友一样，需要我们温柔对待、小心呵护！"倪霞阿姨跟小安念叨着"茶经"。

玫瑰妈妈也笑着插嘴："我知道，茶树跟我们人一样，也有喜怒哀乐的，所以我们要好好爱它们。要是我们采茶叶的时候，高高兴兴的，那采下的茶叶也会高兴，也会更香，倪霞你说对不？"

"对对对，玫瑰玫瑰，你的悟性真好，你太聪明啦！"倪霞由衷地赞叹道。

玫瑰得意地在茶园里扭起了长长的腰肢，兴高采烈地跳起舞来。

其他采茶工这时正好来上班，玫瑰的即兴舞蹈，可把每一位女工都逗笑了。静静的茶园，一下子就变得热闹非凡。

采茶女工们七嘴八舌地说：

"玫瑰，最喜欢和你一起干活啦，你真是一颗开心果！"

"我看啊，玫瑰就像一台快乐制造机！"

"我看，玫瑰最像弥勒佛，永远都在笑！"

"……"

小安没想到自己的妈妈这么受欢迎，他先是目瞪口呆地望着大家，忘了采茶。之后，又跑过去牵着妈妈的手，跟妈妈一起在茶园里跳起舞来。

这下子，茶园这个睡美人被大家的笑声彻底惊醒了。晨风吹来，满山的茶叶都在起伏，绿波荡漾，美丽的绿湖，正向天际流去，而欢乐的笑声，就是它通往天堂的云梯……

妈妈和小安热舞了一通后，紧张的采茶工作开始了。

小安的双手像蜻蜓，在茶树上一点儿一点儿又一点儿，采下一棵棵嫩芽，摘下一片片嫩叶，随着他挎在腰间的小竹篓一厘米一厘米地"涨潮"，他感觉自己的手臂也在发胀，越来越酸，越来越痛，不到两个小时，那手就从轻盈的小蜻蜓变成了大肚子的癞蛤蟆。拇指明显变红了，也变粗了。他举起双手，好像还听见癞蛤蟆呱呱地叫了几声。

"妈妈，妈妈，我的手，是不是坏掉了？"他惊恐地跑向妈妈。

"没事，没事，小安，你只是累了！"妈妈蹲下身子，捧起小安的小手，轻轻地吹了吹，啊，一股温柔的风，拂过小安的指头，胀痛缓解了。小安高兴地抬起头，刚想跟妈妈说"我们回家吧"，这时，从妈妈额头上"吧嗒"掉下一滴汗，汗水咸咸的，正好落进小安的眼睛里。小安的眼睛一阵刺痛，不由得大哭起来："妈妈，妈妈，我很难受，我要回家！"

"哎呀，这孩子终于受不了采茶的苦，哭啦！"

"是啊，他已经很了不起啦，坚持了两个多小时啊！"

"这孩子，不错不错！"

"小安，你是好样的！"

"小安真懂事！"

"小安，你是个好孩子哦！"

没想到，自己一哭，倒哭出了一片夸赞声。小安蒙了，哭声一下子弱了下去。他用手擦擦眼睛，既擦去了妈妈的汗水，也擦去了自己的泪水。他仰头看着那些采茶的阿姨、姑姑、大娘、婆婆，一脸纳闷，心里却又悄悄流动着喜悦的蜜汁。

"小安，我这里有个苹果，给你吃！"一个名叫小梅的阿姨，首先跑过来送给小安一个苹果。

"小安，这个面包也给你吃！"又一个叫吴燕的姑姑跑过来送他一个面包。

"小安，这几块芝麻糖给你吃！"又一个叫桂香的阿婆送给他一沓芝麻片。

"小安……"七大姑八大姨都冲他跑了过来，给他送来了各种各样的吃食。

小安的小竹篓，现在已经被各种吃食装满了。小安呢，一脸开心，一脸感动，但眼里还夹杂着两个大大的问号。

终于，他轻声地问妈妈："妈妈，她们都会变魔法吗？她们采茶叶，还采来了这么多好吃的东西？"

"是的，我的傻儿子，她们都是魔法师，哈哈哈……"妈妈一边哄他，一边笑得捂住了肚子。

"小安，你别听你妈妈瞎说，我们根本不是魔法师。这些东西都是我们带来的，因为采茶叶太辛苦啦，大家都需要补充能量！"小梅阿姨是妈妈在村里的好闺密，她认真地告诉小安。

小安终于露出了恍然大悟的表情。

谁也没有想到，他竟背着那个小竹篓，一个苹果一块饼干一个枣儿一颗糖果地把每样东西都还给了那些阿姨、姑姑和婆婆。

"你们都需要补充能量的呀，我不能要！"小安认真地跟大家解释。

这下大家更喜欢他了，非要把吃食塞给他不可啦！

茶园里顿时变得乱哄哄的，这时倪霞阿姨从半山坡的小木屋里跑了出来，手里提着一箱饼干一箱牛奶，招呼大伙："今天我请大家吃点心！"

"哇，谢谢小霞！""谢谢老板！""谢谢倪总！"大家一边说着感谢的话，一边朝倪霞跑去，喊她什么的都有，因为倪霞就是这方土地上成长起来的企业家啊！

不一会儿，大家吃过点心，又纷纷拥向了茶园。

簌簌、簌簌的采茶声，很快又像蚕吃桑叶一般，在茶山上响了起来。

妈妈搂住小安，问："宝贝，你的手还酸痛吗？要先回去吗？"

"妈妈你呢？"

"我的手也酸痛啦，但她们能坚持，我也能，我不想输给她们！"妈妈指着散落在山坡上的那些采茶姊妹说道。

"我的手也酸痛啦，但妈妈要坚持，我也要坚持，我们可不能输给她们，嘻嘻嘻……"小安说着，坚定地拉着妈妈，又向一棵茶树走去。

"布谷，布谷……"这时，有只布谷鸟飞过他们的头顶，给他们送来了一串赞歌。

小安抬头望向鸟儿消失的方向，举起拳头说："鸟儿，你等下可要飞回来哦，你要来看一看，我能不能跟妈妈坚持得一样久，跟大家一样久！"

"唧唧，唧唧……"布谷鸟身后，飞过一只白头鹎，它好像代布谷鸟做了回答，"好的，好的……"

小安和妈妈都不大认识这鸟儿，但听到这鸟儿的"回话"，他们都舒心地大笑起来："哈哈哈……"

"大开心果生了一个小开心果，多好的一对母子啊！"

"是啊，是啊，大快乐制造机生了一台小快乐制造机，玫瑰真厉害！"

"我们村里又诞生了一尊弥勒佛，我们有福啦！"

"嘿嘿嘿……"

"嗬嗬嗬……"

"咯咯咯……"

茶园里，大家的笑声追着笑声，一阵一阵又一阵地飞起。

呀，整座茶山好像长出了一双快乐的翅膀，和鸟儿们一起飞了起来。

惹得山顶的白云不安分地飘荡起来，仿佛很想亲临这片人间的茶园，和小安、玫瑰一起，和所有的采茶工一起，来体验采茶叶的甘苦呢！

# 桃子笑了

不知不觉，暑假到了，这时的小安，已经是一个准小学生啦！

屋旁山坡上的茶园，也已经开辟出来，是村里组织乡亲们帮忙开辟的，茶园不大，大约两亩地，妈妈说这样的规模正好，自己努努力，可以管得过来。

倪霞阿姨说，栽种茶叶苗，最好等到十至十一月份，这样茶苗比较容易成活。

虽然茶苗还没栽上，但妈妈爱整天泡在那片地里，给那片地锄草、施有机肥，妈妈说："地跟人一样，也是需要好好'养身子'的。"

看妈妈忙着给一个空茶园"养身子"，小安觉得很没意思，就常常跑到土豆田里玩。

那片春末种下的土豆呀，现在已经长成一片郁郁葱葱的"大森林"了。

谁能想到，当初那些小小的绿芽儿、红芽儿能长得如此青翠葳蕤，像个绿海似的呢！而且，这片小绿海中，还飘着片片"白帆"。

土豆秧上开着花，一朵朵洁白似雪的小花，轻轻浮动在绿海之中，那不是白帆，又是什么？

这天早上，小安被屋后的鸟鸣吵醒后，发现餐桌上的菜罩里罩着一个盘子，盘子里有个粽子，还有一个苹果、一包牛奶，显然，这是妈妈给他留的早饭。

"妈妈，妈妈，我不想吃粽子，想吃葱油饼！"小安看了看这份早餐，没有什么食欲，便盖回菜罩，对着厨房大呼小叫起来。

但妈妈没有应声出现。

小安跑到厨房一看，发现妈妈不在。

"哼，肯定又去给茶山'养身子'啦！"小安嘀咕着，往屋后靠近小溪那边的山坡爬去，果然，他看见妈妈正给茶园"投喂"青草。

"妈妈，这么早你又去割草给茶园铺地啦？"

"是啊，茶园跟我们……"妈妈直起腰，扯过脖子上的毛巾擦了一把汗后，开口跟小安解释。

可她的话才说了一半，就被小安抢了过去："我知道，茶园跟我们一样，都是需要'补身子'的！"

"哈哈哈，机灵鬼，我知道你不爱看我在这片空田里忙活，那你就去土豆田里掐土豆花吧！"妈妈指着山下的土豆田，要小安去那里干活。

"土豆花那么好看，我才不要掐它们！"小安扔给妈妈这句话，就跑开了。

"土豆花太会吸养分了，不掐掉，土豆的产量不会高的！"

"不掐，不掐，就是不掐！我宁愿少吃一些土豆，也不要掐掉那些好看的花儿！"小安边下山边跟妈妈如此"保证"。

妈妈只好冲小安的背影摇摇头。

很快，小安小小的身影，就被自己家高高的土豆藤淹没了。翠绿翠绿的土豆藤晃晃悠悠的，这里翻起一阵绿浪，那里涌起一道碧波，那是小安用自己小小的身子当船，在土豆田里奋力"划船"呢。一朵朵黄蕊小白花，被他撞得起起伏伏的，那无数的小白帆就更像在绿海中航行啦！

小安不掐白花，而是趴在地里找土豆。

有些土豆长得浅，不用费力扒开泥土，就能看见一个个小土豆围在土豆藤根部，像鹌鹑蛋似的。小安一连摘了十个"鹌鹑蛋"，这才从土豆田里爬出来。他用自己的 T 恤衫兜着那些"鹌鹑蛋"，灵活地跳下溪坎，开始洗小土豆。

洗干净一个，他就往自己嘴里扔一个。

呀，他居然在生吃小土豆呢，咔嚓咔嚓，吃得还挺香！

这一幕，恰好被一头小牛看到了。

小牛黑亮黑亮的大眼睛静静地瞪着他，好像在馋他的小土豆。

哎，这不是叶大爷的小母牛吗？

两个多月过去了，小牛长大了好多，身量已快有小安那么高啦！

"小牛，你也喜欢吃小土豆？"小安见了小牛，连忙热情地给它送去一个小土豆。

小牛张嘴接了，牙床一错，就把那小土豆嚼碎了。小安都没听到什么声音，那小土豆就滑进了小牛的肚子。

"小牛，小牛，你真是一个好朋友，我喜欢你！"

小安很开心小牛这么给他面子，忙把手里的小土豆一股脑儿全喂给了小牛。小牛毫不客气地全吃了。

"小安，谢谢你请我的小牛吃小土豆！喏，这里有个桃子，给你吃！"叶大爷慈爱地望着小安，一伸手，居然从自己装水杯的帆布袋里掏出一个大桃子，把它直直地送到了小安面前。

"哇，这么大的桃子！"小安蓦然看到那个大桃子，惊呆了。

这个桃子，跟叶大爷的拳头差不多大，白里透黄，黄中又暗藏一抹淡淡的青晕，一眼看去，竟不像真桃子，而像个非常完美的塑料桃子模型。

见小安盯着那桃子发呆，叶大爷直接把桃子塞到小安手里，说："吃吧！我刚刚已吃了一个，鲜甜鲜甜的，我想王母娘娘的仙桃，味道也就这样吧！"

"大爷，它真是个桃子？"

"嘿嘿，傻小子，它再漂亮也是个桃子呀！是真是假，你咬一口不就知道啦！快咬，快咬！"叶大爷这一辈子都在放牛，都在和牛打交道，所以七十多岁的他还像个孩子，葆有一颗童心。

在叶大爷的催促下，小安"啊呜"一口，朝那个桃子咬了下去。哇，一股桃汁随之轻轻飞溅开来，一口特别香甜的桃肉，在小安的口腔里打了个滚，就被小安迫不及待地咽了下去。

"嗯嗯，太好吃啦！"只感叹了这么一声，小安就埋头猛啃起桃子来，咔嚓咔嚓咔嚓，顷刻间，一个大桃子就被他消灭得差不多了。

"喂，傻小子，桃核可不能吃，到时候你肚子里要是长出一棵小桃树来，那可怎么办呀？"叶大爷见他吃得急，忙对他说。

"桃核我留住啦，你看，桃核还好好的，我要把它种到茶园里去！"小安举着一个桃核，兴奋地向叶大爷宣布他的种植计划。

小安还问叶大爷："这么好吃的桃，是你种的吗？你还有吗？能给我妈妈一个吗？"

"很遗憾，桃子没了，不过'独臂大侠'的桃园里还有很多很多！这桃子就是他种的，他只有一只手，却种了一个大桃园。这几天正在摘桃子，昨天我儿子、儿媳都去帮忙啦！"

"哇，是'独臂大侠'种的？他只有一只手，还种了一大片桃树，结了这么好吃的桃子？这也太厉害了吧！"

"嗯嗯，所以乡亲们才会叫他'独臂大侠'呀！"

"那他一定会武功吧？"小安忙问，"我想见见'独臂大侠'！明天我和妈妈能去他那儿帮忙吗？"

"他会不会武功，我不知道哎，但你们要去帮忙摘桃，总没问题的，你可以问问你妈妈到底想不想去。"

"好，我马上就去问我妈妈，你等等！"

"没事，我们一起去，我的牛可以上你们山坡去吃草。"

"好啊，好啊，欢迎牛儿去我家山上做客！"小安鼓着掌，欢天喜地地说道。

"谢谢小安，你太客气啦，嘿嘿嘿……"叶大爷也笑了，跟小安笑得一样开心。

就这样，一老一少两个人，一大一中一小三头牛，不到一刻钟，就来到了玫瑰妈妈的空茶园，来到了玫瑰妈妈面前。

"妈妈，明天我想去'独臂大侠'那里摘桃子，可以吗？"一见妈妈，小安就热切地问。

"哪里的'独臂大侠'？电视里来的？"妈妈惊讶地问。

"就是那个种桃子的大叔，只有一只手，他的桃子很好吃，刚才大爷已经给我吃过一个啦，像蜜一样甜，还很香。妈妈，我们明天去帮他摘桃子吧!"小安连忙跟妈妈介绍道。

"是的,'独臂大侠'年轻时为救火伤了一只手,只剩一只手了,他以前在外地打工,现在他回家乡发展了,种了很多桃树,他的桃园这几天在招人摘桃子,工钱是一天一百二十块钱,非洲媳妇你要不要去?"

"这'独臂大侠',我好像听说过。"玫瑰略一思索,就点点头说,"那我们明天去吧,叶大爷你可以先跟他说一下吗?我家里要种茶,正需要钱买茶苗!"

"好的,我叫我儿子给他打个电话,我儿子、儿媳都在'独臂大侠'那里摘桃,说那里正缺人手,明天早上你跟他们一起出发就行!小安也可以跟过去玩玩,'独臂大侠'蛮大方的,去帮忙摘桃子的人,桃子可以尽情吃,管饱,嘿嘿嘿……"

"好,那我们就去吃桃,哈哈哈……"妈妈大笑。

"要去吃桃子喽!要去吃桃子喽!"小安跳起来欢呼道。

"小安,你别高兴得太早,摘桃子跟采茶叶一样,都是很辛苦的。"妈妈给小安打预防针。

"我不怕,像上次采茶叶一样,你能坚持,我就能坚持!"小安小手握拳,朗声向妈妈保证道。

"你这傻小子,有志气啊!"叶大爷竖起大拇指表扬小安。

这事弄得小安很兴奋,到了晚上十点钟还没睡着。

"妈妈,你说这个'独臂大侠'会武功不?"

"不会吧,但他会种桃子。"

"我想，他总会一点点武功的，他是大侠呀，还是'独臂大侠'呢！"

"好吧，你说会就会，反正明天你就要见到他啦，早点睡，这样明天摘桃才有精神！"

可小安一直在床上"烙烧饼"，翻过来翻过去的，脑子里全是'独臂大侠'在桃园里嗖嗖嗖飞来飞去的画面，像妈妈爱看的电视剧《神雕侠侣》中的杨过一样。

"妈妈，我想好啦，我要拜'独臂大侠'为师！"小小的小安，最后居然做了这么个大大的决定，可惜，这时妈妈已经睡着了……

小安正跟着"独臂大侠"在桃林里嗖嗖嗖地飞来飞去，头顶上还盘旋着一只大雕，这时，有只"大八哥"却将他从半空啄回到床上："小安，小安，叶大爷的儿子说六点就要出发，现在已经五点半啦，要起床啦！"

"别吵我，我正在飞呢……"小安迷迷糊糊地说道。

"哈哈哈，你一定是做梦啦，小安，快醒醒，葱油饼我已经烙好了，快起床，吃过早饭，我们就出发！"

小安彻底被妈妈从梦境打回了现实，不禁沮丧地说："妈妈，我跟'独臂大侠'就要抓到那只大雕啦，你要是晚半分钟叫我，我就抓住啦！"

"没事，没事，儿子，你等下到桃园去，拜真正的'独臂大侠'为师，不是更好吗？"

"是啊！"小安被妈妈这么一点拨，顿时来了兴致，"咚"的一声就从床上跳下地来，豪气干云地喊道，"妈妈，快拿饼来，我要快点去桃园拜师傅！"

"好，饼来啦！"妈妈一手端饼，一手捂着嘴巴，使劲憋着笑……

去桃园的车，还是妈妈的电动车。

叶大爷儿子、儿媳的车，也是电动车。

当小安一行四人来到"独臂大侠"的桃园时，还不到七点钟，但"独臂大侠"已经摘了两大筐桃子。

那桃子，在箩筐中堆成了两座高高的小山，白净中透着鹅黄，在朝阳的点染下，又笼罩了一层朦胧的红晕，每个桃子，都像传说中的仙桃那么诱人。

"哇，桃子小山！"小安边喊边朝那担桃子扑去。这时，从桃林里钻出一个五十多岁的伯伯，乱蓬蓬的头发下，是一张国字脸，那张脸就像这桃园的土地一样，皱纹如沟壑深深刻在他的额头、眼角。他的身躯，则像桃树，结实、健硕，蕴藏着无限的生机，可惜，这"桃树"缺了右边的一个大干枝，看去有点歪斜。

小安一看那"桃树"空荡荡的右袖，就知道他是"独臂大侠"了。他满眼崇拜，又有点胆怯，一小步一小步地朝"独臂大侠"靠去。

"独臂大侠"老熟人似的冲小安点头一笑，说："来了？欢迎欢迎！"

"独臂大侠"的笑容，很像桃子，甜滋滋的，暖乎乎的。笑得小安的胆怯立马不翼而飞，他拔腿朝"独臂大侠"飞奔而去。一边跑，还一边喊："'独臂大侠'，你能收我做徒弟吗？"

"啊，你想做我的徒弟，你才几岁呀？"

"我已经七岁啦，已经报名上小学啦！"

"这么小，你要好好做你们老师的徒弟，不用跟着我学种桃！"

"不是，我不是想跟你学种桃！"小安连忙摆手，"我想跟你学……学做大侠，就是嗖嗖嗖、嗖嗖嗖，可以在桃林里飞来飞去的大侠！"

"哈哈哈，那是鸟儿呀，在桃林里飞来飞去，我可不会！""独臂大侠"大笑道。

妈妈和叶大爷的儿子、儿媳也大笑起来。

小安急了："你不会飞，那就教我其他的呀！"

"其他什么呀？"这时，"独臂大侠"有点明白这孩子想跟他学什么了，故意逗他。

"比如……比如，你不能在树上飞，就教我水上漂！"小安憋红了脸，憋出了满头的汗，才想起"水上漂"这个词。可惜，又引来大家的一阵大笑。

"哎呀，你们别笑啦，太吵啦！"小安生气地跺着脚，甩着汗嚷道，"反正我想跟着'独臂大侠'学做大侠嘛！"

"独臂大侠"见把孩子惹恼了，便冲小安弯下身子，说："小侠别生气，我让你拉一拉我这只空袖子吧！我呢，其实不是什么大侠，只是因为我一个人靠一只手臂，种了五十亩的黄桃，别人敬重我，才喊我'独臂大侠'的！"

"是的，是的，小安，他这大侠，不是因为有武功才受人爱，受人敬的，而是因为勤劳！"妈妈也俯下身子，认真地跟小安解释。

"好吧……"这一瞬间，小安好失望呀，脑袋猛然一垂，像桃子"吧嗒"一下掉下了地一样。

大家看着他，都满脸同情，默不作声。

不过，片刻后，小安就把头抬了起来，还举起自己带来的小竹篓说："我要去摘桃，我和妈妈是来做工的，妈妈说我们家的茶园，需要钱买茶树苗……"

"哦，小安……"妈妈听了小安的话，大大的眼里顿时盈满了泪水。

"独臂大侠"则感动地朝小安伸出他那唯一的手，把小安搂在怀里，说："虽然我不会武功，但还是想收你做徒弟，可以吗？"

"好吧……那以后我也做个种桃大侠，好让妈妈再也不哭……"

小安知道，看上去总是快快乐乐的妈妈，有时其实会偷偷流泪，她很想回乌干达看看她的爸爸妈妈，看看她的兄弟姐妹，亲亲她的外婆，可钱好像总也存不够……

"好孩子，有种！其实你长大了可以做很多很多事，不一定要像我这样种桃，但你要记住今天的话，一定不要让你妈妈哭泣！""独臂大侠"用力拍了拍小安的肩膀，说，"我本来是在外地打工的，我娘老是想我，常哭，所以我回来种桃子了，我就守在我娘身边，她再也不会哭啦！"

说着，"独臂大侠"拿起桃子山上最大的一个桃子，塞给了小安："先吃桃，再干活！"

"好的，师傅！"

小安这一声"师傅"，立马把大家逗笑了。妈妈抹去眼泪，也笑了起来。

啊，妈妈的皮肤虽然黑，但她的笑亮闪闪的，像桃子一样甜，一样美！

# 爱很美味

"我不要做领唱，不要……"这天清晨，小安是被自己的梦叫醒的，他在梦中拼命地摆手、后退，退着退着，"咚!"他从高高的舞台上摔了下来，把自己给摔醒了。

虽然醒了，小安还在习惯性地摆手、蹬腿，结果把妈妈也踢醒了。

"啊，要迟到啦?"妈妈一醒，就猛地一掀毯子，呼啦一下坐了起来，一把抓过床头柜上的手机，一看，"还好，还好，还不到六点!"

妈妈长舒了一口气，转身朝小安高高竖起右手的大拇指说:"儿子，上学第一天，你这么早就醒了? 你读书这么用心，真棒!"

小安却揪着妈妈的胳膊，跟妈妈谈条件："妈妈，我去上小学，能不能不要叫我做领唱？"

"啊……"妈妈惊讶地看着小安，而后一脸心疼地把小安搂住了，"好，好，咱们不做领唱，不做领唱！"

"谢谢好妈妈！"小安松了口气，一转身，又趴在床上，说，"我还想再睡一会儿！"

"你看，天都很亮了，干脆别睡啦，跟我一起去烧土豆饭吃吧！昨晚你不是说土豆饭没吃够嘛！"

"好，我还要吃土豆饭！"一提到土豆饭，小安立马就来了精神，"妈妈，我们要不要现在去挖最新鲜的土豆？"

"可以呀，反正土豆田那么近！快，起来，起来，挖土豆去啦！"

随着妈妈一声吆喝，母子俩一起跳下床，外衣一套，大锄头、小锄头一拿，竹篓一提，就向坡下小溪边的土豆田跑去。

不料，他们起得早，还有"人"比他们起得更早，小安和妈妈的脚步声，一下子从溪里惊起了六只白鹭——那是他们家屋后泡桐树上的白鹭夫妻俩和它们的四个孩子。

从春末到秋初，白鹭一家不仅增添了"人口"，而且小白鹭也长得差不多和爸爸妈妈一样高大、俊美了。小白鹭的歌声，也从"咯咯""咕咕"的嘟囔变成了"嘎嘎""嘎嘎"的大叫，小白鹭长得好快。但小安知道，这全是白鹭妈妈、白鹭爸爸的功劳，自从小白鹭孵出来后，小安就经常看见白鹭妈妈、白鹭爸爸不断地从树上往小溪里飞去，又不断地从小溪往泡桐树上飞回——它们为了给白鹭宝宝们找吃的，可是拼尽了全力呀！

"白鹭和其他鸟儿一样，跟我们人其实蛮像的，只要做了爸爸妈妈，那肯定要辛苦一些。"有一次，小安和叶大爷在溪边放牛，看见那一家子白鹭，叶大爷就这么跟小安说过。

此刻，看见那高高飞起的白鹭家族，想起叶大爷的话，小安忍不住牵起妈妈的手，对妈妈说："妈妈，你辛苦啦！"

虽然小安这话听上去有点没头没脑的，但妈妈却很自然地接住了："不辛苦，不辛苦，和小安在一起，不管做什么事，我都很快乐哦！"

"跟妈妈在一起，我更快乐耶！"小安说着，把脑袋靠在妈妈腰上。

妈妈笑着搂住了小安的肩，他们就那么偎依着，踩着草梗上的露水，朝晨曦初露的田野走去……

不到半小时，半篓新鲜土豆就被小安倒进了厨房外水槽中的盆子里。

这些土豆，个头不大，但一个个都圆溜溜的，长得很匀称，颜色米白、浅黄，很像一枚枚洁净的鹅卵石，也像一朵朵明媚的结香花。

"小安，我去煮捞饭、切腊肉，你把溪里洗过的小土豆再冲一冲，挑十个小土豆，给它们刨下皮，一会儿就可以下锅做土豆饭啦！"妈妈快人快语地吩咐小安，自己一闪身走进厨房，点起灶火，架上柴棍，烧上小半锅水，淘米下了锅，然后去房梁上又下一挂腊肉，切下一块，用热水洗了洗，开始嚓嚓嚓地切起腊肉来。

等她切好腊肉，又剥了几瓣大蒜，拍碎，这时，锅里已飘出一股淡淡的粥香。她捞了两小碗半熟的米饭，把稀饭留在锅里又煮了一会儿，就冲门外喊道："小安，土豆弄好了吗?"

"好啦，来啦!"小安应声端着小土豆跳进了厨房。

"来，我们给小土豆切个滚刀块!"

妈妈说着，就飞快地切起土豆来。那些小土豆，其实不需要怎么"滚"，一个切成两三块就可以了。

切好土豆，妈妈舀了稀饭，洗净锅，往里面倒了些茶油，先撒下大蒜一炒，再倒入腊肉、土豆，又倒下酱油、蚝油等调料一炒，最后倒下半熟的米饭，盖上锅盖一焖，呀，不到一刻钟，一锅香喷喷的腊肉土豆饭就煮好啦!

"嘶哈，好烫，好香，好好吃!"小安一边嘶哈嘶哈地叫着，一边欢天喜地地吃着土豆饭。

妈妈从自己碗里夹了一块锅巴给他，说："这种饭的锅巴最香啦，你吃吃看!"

"好的，谢谢妈妈!"

正当小安用自己缺了门牙的嘴专心致志地啃着那块鲜美的锅巴时，妈妈的手机响了。

"哇，是爸爸，现在才七点钟，爸爸就给我们打电话来啦!"妈妈很激动地接起爸爸的电话,跟平时一样,在小安面前开了"免提"。

"玫瑰,今天小安要做小学生啦,我想和小安说说话!"爸爸在电话那边开门见山地说道。

"爸爸,爸爸,我想你啦!"小安冲妈妈的手机大叫道。

"儿子,我也想你们啦!"爸爸也在手机那端大声地说。

"那你什么时候回来?"

"不是跟你说过了吗?我到年底就回来!"

"那就是放寒假时你回来,对不对?"

"是的,儿子,你今天要做小学生啦,你怕不怕?上次听妈妈说你有点害怕呢!"

"我本来一点儿也不怕啦,可今天起床前做了梦,又有一点点怕了。可我现在吃了妈妈烧的土豆饭,又不怕啦,因为妈妈烧的土豆饭太好吃啦!"小安绕口令似的回答爸爸。

"是的,土豆饭很好吃,因为我是用爱烧的,爱很美味,爱让我们的儿子坚强起来啦,无线电,你就放心吧!"

爸爸的名字叫吴先典,妈妈刚从非洲嫁过来,学普通话时,说不准这三个字,就把爸爸叫成了"无线电",就这样,爸爸多了一个外号。小安很喜欢妈妈这么喊爸爸,觉得"无线电"亲切极了。他一听到妈妈这么喊爸爸,就仿佛看到他们在用爱发"无线电波"呢!

"玫瑰,儿子,我爱你们,等我回来,我要做很多很多好吃的给你们吃——做很多很多爱的美味给你们吃，哈哈哈！"爸爸在手机那边，说着说着，笑了起来，"儿子，你听你妈妈的话说得多好！有这样的好妈妈，你要更加坚强哦，现在你可是家里唯一的男子汉，一定要保护好妈妈，还要好好学习，知道吗？"

"我知道啦，爸爸！"小安跟爸爸保证。

妈妈则冲手机喊道："无线电，我们爱你！我要送小安去学校啦，再见！"

"再见，我爱你们！爱可是很美味的，哈哈哈……"

爸爸笑着挂断了电话，可妈妈的眼睛却湿润了……

凝望着妈妈湿漉漉的眼睛，小安抓住妈妈的手，坚定地说："妈妈，你放心，我真的不怕啦，我会好好读书的！"

"谢谢儿子，给我这么温暖的爱！"

"谢谢妈妈美味的爱！"小安说着，埋头快速吃完了碗里的土豆饭，背起昨晚就已收拾好，静静等在沙发上的书包，笑着对妈妈指指门外，说："快点，妈妈送我去学校吧！"

"好，好，妈妈去漱漱口，涂点口红就出发！"

"嘻嘻，妈妈真臭美！"

"今天是我儿子上小学的第一天，要打扮一下啦！"

"那你快去，我来洗碗！"

"不用，不用，你先放着，我很快就好了，你先去门口等吧！小安，你这么懂事，我太幸福啦，哈哈哈……"

　　妈妈笑着，飞快涂好了口红，骑上电动车，带小安踏上了小学阶段的学习之路。

　　天气很好，朝霞满天。山路两旁，一边是静静流淌的小溪，一边是五颜六色的庄稼。浅黄的秋稻，酡红的高粱，翠绿的茶山，黄绿相间的柑橘，郁郁葱葱的竹林，依次从小安和玫瑰眼前闪过，玫瑰忍不住感叹："我们的家乡，真美！"

　　"妈妈，你的非洲老家，美吗？"小安问。

　　"也是你的老家哦，小安，你可是非洲的外孙呢！"妈妈纠正小安。

　　"嗯嗯嗯，那我们的非洲老家，美吗？"

　　"当然美啦，我们那里一年四季都像春天，气温都在二十来摄氏度，植物长得很好，到处都是香蕉林，我们用香蕉煮饭吃……"说起自己的非洲老家，妈妈的车速明显慢了，不知不觉，她那双美丽的杏子眼里又飘起一层湿漉漉的雾气。

　　"妈妈，什么时候你带我回我们非洲老家呀？"小安没看到妈妈眼中弥漫的思念之"雾"，顺着自己的思路问妈妈。

　　"快了，我们争取明年暑假回家！你外婆外公、舅舅阿姨们还没有见过你呢！他们都说好想我们……"说着说着，妈妈眼中的"雾气"终于凝结成泪水，滑出了眼眶。

　　恰在此时，镇上到了。妈妈赶紧抹了一把眼泪，说："小安，先不说我们的非洲老家啦！记住，今天你已经是个小学生了，别忘了刚才爸爸跟你说的话呀！"

"我不会忘的，我要好好读书，我还要好好保护你，爸爸不在家，我就是家里唯一的男子汉！"

"对，小安是个男子汉啦，哈哈……"说着说着，妈妈又恢复了活泼开朗的模样。

这时，学校到了。镇小学和幼儿园其实是挨在一起的，但它们长得不一样。幼儿园像马戏团的演员，穿着花花绿绿的衣服，而小学像春笋，朴素宁静又生机勃勃。

这所学校，是依小山而建的，校门连着操场，大报告厅、教学楼、办公楼，缓缓随山势而上升。房子不多，不新，更不豪华，但清爽明净，一眼看去，让人感觉很是安心。

妈妈停好电动车，牵着小安的手，笑着走向校门。

在跨进校门的那一刻，妈妈停住了脚步，对小安说："小安，你长大了，从此就是小学生啦，祝贺你！记住，无论遇到什么困难，一定要坚强、勇敢、努力！加油加油，我的儿子一定行的！还有，吴小安，别忘了好好介绍你自己，我们昨天练习过的！"

"好的，我没忘！妈妈，我一定会努力、勇敢、坚强的！"小安紧紧握了一下妈妈的手，然后笑着向一年级的教室走去。

开学前，他和妈妈已经来这里开过一次幼小衔接会了，他知道自己被分到了哪个班，现在，他要独立走向他小学生涯的第一课……

老师把吴小安的位子排在了靠窗那排的最后一个。小安超级开心，因为这样就可以静静躲在角落里啦，还可以靠着窗，看外面的风景。

就在他透过窗子，冲站在窗外一棵水杉树下的妈妈挥手时，他被老师第一个点到了名字："吴小安！"

"啊！"吴小安一惊，慌里慌张地站了起来。他还以为自己不应该在上课后跟妈妈挥手，老师要批评他呢！

没想到老师对他说："吴小安，你坐在最后一排，可不是老师要冷落你，是因为你长得最高，视力也好，而且老师相信你能好好地管住自己。现在我想请你第一个跟同学们介绍一下你自己，好吗？"

老师这么说时，班里四十七名同学的目光唰一下全转到小安这边，盯在了小安身上。

"他真黑……"他听到不止一个同学小声地说道。

因为对这个话题特别敏感，所以他的耳朵像雷达一样灵敏。

可他看了一眼窗外笑眯眯地冲他挥手的妈妈，不自觉地一挺身子，说："我叫吴小安，今年七岁，我妈妈来自非洲乌干达，我跟大家有点不一样，但我愿意做你们每个人的好朋友！"

"哇，吴小安，你说得太好啦，你真棒！"老师忍不住夸奖道，还为他鼓了掌。

同学们当然也全为他鼓掌啦！

这阵突如其来的掌声，就像一阵响亮的钟声，把吴小安撞成了一口微微摇摆的钟，他羞赧地捂住自己的脸，语无伦次地说:"练习过的,我这话,昨天和妈妈……"

"哇,吴小安,昨天就开始练习啦,你好认真呀!"老师再次表扬了小安,还对全班同学说,"同学们,吴小安这么认真,大家都要向他学习,好不好?"

"好!""好!""好!"

啊,开学第一天,就赢得了这一片叫"好"声,现在吴小安的心坑里,可是连一点儿"害怕"的影子都没有啦!

他的心甜滋滋、甜滋滋的,老师的表扬、同学们的"好",都像蜂蜜,在他的心坑里悠悠晃荡,爱很美味,爱很甜蜜,妈妈说得果然没错。

就这样,小安顺顺利利、高高兴兴地开启了他人生的一段新旅程。

# 为爸爸疗伤

"霞霞阿姨，您喝水！"

"涂伯伯，您擦擦汗！"

"叶叔叔，您累了吗？"

"妈妈，这个我来！"

"大爷，您歇会儿吧！"

…………

这天，是十月中旬的一个周末，小安家的茶园里来了好多人，和玫瑰妈妈一起种茶树。放牛的叶大爷来了，他的儿子、儿媳也来了，还有好几个小安不认识的叔叔伯伯。

树苗是倪霞阿姨用卡车运过来的，妈妈要给她苗木钱，倪霞阿姨却大手一挥，说："不用！不用！"

"那不行，这么多茶苗呀，钱是一定要给的，不然我就不种啦！"妈妈死活要给钱。

"真的没关系啦！玫瑰，我真心欢迎你加入我们村新型茶农的行列，欢迎你跟大家一起并肩作战！"

"欢迎归欢迎，苗木钱还是要的，我和小安爸爸也准备好久啦！"

"真的不用，和你一起种茶，我也有私心的，以后可以请你拍视频，做宣传，你这非洲女儿、遂昌媳妇一定有广告效应的！"

"这怎么可能？我这么普通！反正你现在一定要把茶苗钱先拿去！"

"你要是一定要给，那也等以后再说吧，我相信自己的眼光！"

"真的不可以这样的呀！"

…………

倪霞和玫瑰，两个同龄人，还没有开始种茶苗，就在茶园里激烈地"争执"了起来。

这时村支书涂伯伯走过来"劝架"了："玫瑰，你放心，我上次不是说过的吗？种一亩茶，政府可以补贴一千五百元，我到时就把补助款给倪霞，你来签个字就行！"

"书记，上次你带人来挖山做茶园，也是这么说的，说政府有补贴，我不用给工钱。一亩一千五，两亩三千，这三千块钱这么顶用的呀？我知道，要真的算起来，上次可能就超了！"

玫瑰妈妈的脑子好灵啊，这"算术题"，小安虽然上小学快两个月了，却还根本不会做呢！

"上次啊，大家其实是来帮忙的，今天也是，乡亲们都是志愿者，不要工钱，哈哈哈……"书记终于把种茶的"秘密经验"给说出来了。

"哎呀，你们也太好了……"玫瑰妈妈很感动，她那双大大的杏子眼一下子就变成了两个泪光闪闪的小湖泊。

小安看看涂伯伯，看看倪霞阿姨，又看看前来帮忙的十几个乡亲，再看看妈妈眼睛里的小湖泊，他的鼻子也一酸，有股热泪一下子冲上他的鼻窦，他的眼马上也要被"湖水"淹没了。可他想起了爸爸跟他说的话，想起自己现在是家里唯一的男子汉，所以他坚强地冲大家一笑，马上转身跑回家，拿来了茶壶和毛巾，请倪霞阿姨、涂伯伯他们喝水、擦汗、休息，又忙着帮妈妈搬起了茶树苗……

"我来，我来……"小安恨不得把所有人的活儿都抢来干，所以茶山上到处都飘荡着他那稚嫩又热切的声音，"我来，我来……"

大家也都非常配合他的帮忙。

"来，小安，给我送几株茶苗来！"

"小安，给我一杯水！"

"小安，帮我把这株树苗盖上泥土！"

"小安……"

看小安在茶山上乐颠颠地东跑西蹿，正挨在一起种茶苗的倪霞阿姨和玫瑰妈妈，时不时会直起腰来，开心地相视一笑。涂伯伯和叶大爷他们，也时不时会直起腰来，冲小安微笑着点点头。

"玫瑰，看看你，多会生，生了个天下第一的好宝贝耶！"小梅阿姨性格开朗活泼，平时和妈妈很要好，这时又忍不住开起了妈妈的玩笑，"玫瑰呀，你赶快多生几个小小安，让大家羡慕得口水滴答滴答流，变成一头头口水猪……"

"小梅，你自己也多生几个呀，像土豆一样，像花生一样，多生，多结果，以后让一大群儿孙围着你这老寿星转来转去，像陀螺一样，也让别人羡慕得变成一头头口水猪，哈哈哈……"

"还是像茶叶好，春风一吹，无数小茶叶就冒出来了，摘了一茬还有一茬，摘也摘不完，到时候，你们的子孙后代，满山满坡到处爬，像蚂蚁一样，哈哈哈……"连倪霞阿姨也开起了玩笑。

茶山上每个人都笑得东倒西歪。

小安感觉大家不是在种茶树，而是在种笑声，种欢乐……

不过，这欢乐，到了晚上，就被一个意外归来的人打破了。

那时，小安和妈妈都已经吃过晚饭了，小安正在给妈妈揉腰敲背，因为今天种茶苗，妈妈说她的腰都快累断了，背也快裂开了。

"我来，我来当医生，给你揉揉腰，敲敲背！"小安自告奋勇，要妈妈趴在沙发上，然后在妈妈腰上抓来挠去，害得妈妈咯咯直笑："小安，别抓了，太痒啦，饶命！小安大侠饶命！"

"不行，小安大侠还要给玫瑰妈妈再治治背！"小安坏笑着，用嘴哈哈手，居然把手伸进了妈妈的胳肢窝，这下，妈妈笑得直喘气："哎哟喂，小安，小安，住手住手……"

屋内，小安和妈妈笑成一团，闹作一堆。

屋外，正在归巢的鸟儿则叽叽喳喳地叫成了一片。

笑笑闹闹间，小安突然支起耳朵，对妈妈说："妈妈，你听，那么多鸟儿在叫，好像给我们的房子织了一张网呢！"

"哇，小安又想出了这么好的一个比喻，我看，你以后写作文不用愁啦，嘿嘿嘿……"

"可能吧，嘻嘻嘻……"

小安和妈妈正笑得无比畅快之际，有个人影闪进了屋。

"你们吃了什么仙丹，这么高兴啊？"来人轻轻开了口。

母子俩不约而同地扭头一看，又不约而同地飞跃而起："爸爸回来啦！""无线电，你回来啦！"

"是的，我回来了。"爸爸明显很激动，但说话的声音还是那么温柔、温和。

而小安和玫瑰已经呼啦啦冲到他面前，两双手又不约而同地抱住了他。

"你们抱得轻一点儿，我手痛……"爸爸依然温和地说道。

呀，小安和妈妈同时往后一跳，异口同声道："你手怎么啦？"

爸爸微笑着，指指裹着绷带的左手掌说："我砍肉骨头时，被我的徒弟撞了一下，结果，我就砍到自己的手了，没法继续干活了，就回来了……"

"啊，爸爸，爸爸，你痛吗？"小安顿时害怕得捂住了自己的小手，仿佛他的手掌也被砍了一斧。

玫瑰妈妈则冲上去，一把搂住爸爸的脖子，含泪道："你受苦啦！"

"还好啦！我正好也想你们啦，回来看看你们，不也很好吗？"

"无线电，以后再也不准你出去打工啦！我们一家人，生生死死都在一起，再也不分开了！"妈妈抱着爸爸，在他额头上连连亲了好几口。

妈妈比爸爸还高大一些，爸爸在妈妈怀里，有点"小鸟依人"。

不知为何，看见妈妈紧紧抱着爸爸，小安心里突然不怕了。他扑过去，张开双臂，紧紧搂住爸爸和妈妈，大声说："以后我们一家人再也不分开！"

有爸爸在家的夜晚，跟以前真的不一样。爸爸左手有伤，睡在床外，妈妈靠墙而睡，小安在他们中间，把一条腿架在妈妈身上，另一条腿架在爸爸身上，不断晃悠着，嘴里还反复喊着："驾，驾，马车来啦！马车来啦！让开！让开！"

晃着晃着，喊着喊着，最后，他头一歪，睡着了……

第二天，叽叽咕咕的"鸟鸣"吵醒了他，原来，是爸爸妈妈在说话。

只听爸爸在叹气："唉，玫瑰，你嫁给我，没过上一点儿好日子，实在是太委屈你啦！"

"不委屈，不委屈，我有你，有小安，你们都那么爱我，我很幸福的！"

"就是我们家太穷了，要你和小安跟着我过苦日子，我这心里呀，比受伤的手还痛！"

"只要你们平平安安的，苦一点儿、穷一点儿怕啥？再说，我们有水稻田，有土豆田，有菜地，有竹园，有油茶山，现在还有了崭新的茶园，我们的日子一定会好起来的，你放心！"妈妈安慰爸爸。

爸爸却还在叹气："玫瑰你太好啦！又年轻，又漂亮，性格又好，却跟我过这样的日子，我羞愧啊，唉……"

"无线电，你想多啦！我们一家三口，相亲相爱地过日子，比什么都好，我已经很满足啦！"妈妈竭力安慰爸爸。

爸爸却还在嘟囔："玫瑰，对不起！对不起，玫瑰！"

看来，这次爸爸受伤，伤的好像不仅仅是手，连信心也受到了伤害。

小安眼睛还没睁开，就朝爸爸那边蹬蹬腿，他想叫爸爸不要那么伤心。可他蹭到了妈妈身上，原来，不知不觉，他已和妈妈换了位置。

"妈妈，我怎么睡到里面来啦?"

"你梦游啦，哈哈!"妈妈说着，转身抱住了他。

爸爸也伸出那只未受伤的手，搂住了他和妈妈。

"儿子，你早饭想吃什么? 爸爸去做!"

"我想吃——妈妈想吃的早饭，嘻嘻……"小安为自己能想出这么一句有趣的话，开心得双腿乱踢。

不好，踢到了爸爸受伤的手，爸爸痛苦地叫道:"哎哟……"

"啊，爸爸，对不起!"

"儿子，没事，没事!"爸爸的脸都痛白了，嘴里还说没事。

爸爸的手，一定伤得很重吧?

小安心疼爸爸，连忙改口:"不对，不对，我还是想吃妈妈烧的早饭!"

妈妈连忙说:"好啊，好啊，我就烧鸡蛋面给你们吃，面条放开水里滚熟了，捞进碗里，我另外用豆瓣酱炒青椒笋干鸡蛋浇上去，肯定很好吃的。"

"玫瑰，你可以啊! 我不在家的日子，你又烧饭又照顾小安，能干了好多呀!"

"必须的，嘿嘿!"妈妈笑着坐起身子，说，"我先起床去烧面！你们两个十分钟后也起来哈，我会很快就烧好的。"

妈妈是个急性子，一边说，一边已经穿好衣服，朝厨房那边快步走去。

"我看，你妈妈比我更像一个厨师呀！"爸爸对小安说。

小安骄傲地回爸爸："反正，在我眼里，妈妈早就是个大厨师啦，可能比你还厉害！"

"儿子，等我手好了，我要给你做一大堆好吃的，看看到底是你妈妈厉害，还是我厉害！"

"嘻嘻，肯定是妈妈厉害，因为她还会做非洲的美食，你会吗？"

"这……倒是真不会！"

最终，爸爸认输了。

父子俩偎依着躺在床上，大约二十分钟后，就从厨房那边传来了一阵诱人的鸡蛋香，旋即也传来了妈妈的大嗓门："小安，无线电，吃鸡蛋面啦！"

呀，屋子里到处都香喷喷的，就连妈妈的声音也好像是香喷喷的。

小安和爸爸自然飞快地滚下床，朝厨房扑去……

妈妈做的鸡蛋面，暖了小安的胃，好像也治好了爸爸手上的伤，以至于一整天爸爸都乐呵呵的，陪妈妈一起去看新茶园，陪小安一起去看叶大爷的小牛——它其实已经长成中牛了。

晚上妈妈想焖腊肉土豆饭给爸爸和小安吃，他们一家三口去土豆田里挖土豆。

呀，因为一只手不能拿锄头，爸爸又像早晨在床上时那样，变得唉声叹气了。

爸爸先是这么哀叹："唉，我现在手受了重伤，不能打工了，没了工钱，这个家可怎么办呀？"

接着他又担心："我这手，被肉斧狠狠砍了一下，以后会不会落下残疾？要是我残疾了，怎么办？"

"没事没事，你可以做'独臂大侠'的！"小安连忙安慰爸爸。

"怎么做'独臂大侠'啊，一只手能做什么，唉……"爸爸又叹气。

"'独臂大侠'能种桃子，他种了好多好多好多桃子，你也能啊！我还是他的徒弟哩！"小安说着，就跟爸爸讲起了"独臂大侠"的故事。

没想到，爸爸听了"独臂大侠"的励志故事，不仅没有振作起来，反而更忧伤了："他还有八九十岁的老娘可以孝敬，可我娘在我十几岁时就死了，我这辈子最遗憾的事，就是没为我娘做过什么好吃的，我没有尽到一个儿子的责任呀，呜呜呜……"

天哪，一向温柔、温和的爸爸，说到早逝的奶奶，居然在土豆田里放声痛哭起来。

小安和妈妈面面相觑。但很快，两人同时走过去，搂住了爸爸。

妈妈安慰爸爸："无线电，你还记得你妈生前最爱吃什么吗？我们可以做她最爱吃的东西，放到她坟上去祭拜她呀，这样，妈妈在天堂就可以吃到好吃的了，还可以看到你的一片孝心！"

"是啊，是啊，七月半我就和妈妈一起去给奶奶上坟啦，我们明天可以再去一次！"小安觉得给奶奶上坟挺好玩的，所以连忙为妈妈的主意欢呼。

爸爸听了妈妈和小安的话，立刻止住了哭泣，说："我记得，我娘那时最喜欢吃发糕！"

"好，那我们就给她老人家做发糕！"妈妈拍了拍爸爸的肩膀。

爸爸顿时破涕为笑，说："好是好，但你会做发糕吗？"

"不会。但我可以学呀！"妈妈笑道，"你不就是个真正的厨师嘛！你虽然暂时是个'独手大侠'，但你可以教我呀！"

"好，一言为定！"爸爸这下真的振奋起来了，说，"明天做发糕，今天先要浸米呢，糯米和普通米以二八分的比例混在一起，浸一天一夜，就可以磨成浆粉了，再加酒酿，加白糖，加板油，放在蒸笼里等它发起来，就可以蒸了。这样吧，我们回家后马上浸米，这样明天中午就可以磨浆啦……我记得我们家有四个蒸笼的，还是我做篾匠时自己做的，先回家找找……"

爸爸越说越快，显然对做发糕一事充满了期待。

人有所期待，就会快乐起来，爸爸也如此。

从土豆田回家的路上，爸爸问妈妈："玫瑰，家里有糯米吗？没有我马上去买。"

"有的，我经常要裹粽子给小安吃的。"

"那就好！"说着，爸爸的脚步不知不觉地加快了……

一回家，爸爸就爬上阁楼，找出来两对篾蒸笼。

"玫瑰，这四个蒸笼还在，还没坏，一个可以蒸两斤半米的发糕，你赶快去称两斤糯米八斤普通米，混在一起，用水浸起来。"

"蒸这么多，奶奶吃得完吗？"小安问。

"傻儿子，只要用一碗发糕请一下爷爷奶奶他们就可以了，剩下的，我们自己可以吃。"妈妈笑着帮爸爸回答，"还要送一些给倪霞阿姨、小梅阿姨和邻居们吃，好不容易蒸一次发糕，那就多蒸点，让大家都尝一尝！"

"对呀，对呀！"爸爸连连点头。

"我懂了，妈妈，这个要不要拍视频？"小安问。

"好，儿子，还是你想得周到！快，你帮我拍一下视频，我要发给你外公外婆看，我们这里著名的发糕是怎么做的！"

外公外婆远在乌干达，妈妈思念他们的时候，就会与他们视频通话，有时，也会拍录像，发给他们看。

手机视频，可是妈妈和外公外婆联系的"大媒人"。小安虽小，可由于常用手机为妈妈拍视频，他已是个蛮像样的摄像师了。听了妈妈的话，他立马捧起妈妈的手机，做好了拍摄的准备。

"玫瑰，这次你用普通话说吧，或者普通话加你的家乡话，这样谁看了，都听得懂！"爸爸拜托妈妈，"这样，我不仅教会了你，别人要是看到这个视频，也能学会做发糕啦！"

"好呀，爸爸的这个办法好！"小安连忙为爸爸点赞。

"没问题！那这次我就用普通话说吧！"妈妈冲小安做了个"OK"的手势，就冲着手机摄像头开始"演说"了："做发糕，第一步，要有蒸笼！"说完，妈妈冲小安摇了摇篾蒸笼，"这蒸笼，是我老公十年前自己做的，一个可以蒸两斤半米的发糕，四个可以蒸十斤米的发糕，当然，在蒸发糕前，要把这蒸笼洗干净！"

说到这儿，妈妈冲小安一挥手："现在，跟我去做第二件事：称米。要蒸发糕，糯米和普通的米要按二比八的比例混起来蒸，我要蒸十斤米的发糕，那就需要称两斤糯米、八斤普通的米。这普通的米，我们南方人吃的一般是杂交水稻米，叫籼米，它跟东北的粳米比，米粒要细长一些、苗条一些。"

妈妈一边说，一边找出糯米、籼米和家里那个下系不锈钢脸盆的杆秤，开始仔细地称糯米和籼米。

"好了，这是两斤糯米，这是八斤籼米。接下来，我要开始做第三步啦，把这些米混在一起，喏，就像这样，把它们放在这个红桶里，桶里放些自来水，等这些米在水中浸一天一夜，明天就可以开始第四步了——磨浆粉。磨浆，要明天才可以磨。好，今天的视频就拍到这里吧，再见！"

妈妈说到这里，小安干脆利落地结束了视频的录制。

呀，这母子俩的一通操作，可把"独手师傅"看得目瞪口呆。

"玫瑰，你太厉害啦，很像个专业主播呀！"爸爸先赞美妈妈，又扭头夸儿子，"小安，你才多大，给你妈妈拍起视频来真像电视台的专业人士啊！"

"哈哈哈，现在的小孩玩起手机来，哪个不专业？"妈妈得意地笑，"昨天倪霞也说我可以拍视频，说不定能成大名人呢！"

"那你就把刚才拍的视频发她看看！"

"等明天吧，等明天把做发糕的视频拍完了，我再发她！"

"好，但今天晚上我们还要做一件事，因为蒸发糕，要先用饭和酒药做酒酿！用我们自己做的酒酿蒸出来的发糕最好吃！""独手师傅"说着，就去找酒药了。

这酒药不是买的，是爸爸去年自己做的，是把成熟的辣蓼花穗，也叫酒药花捣碎了，和些面粉，搓成一个个的小药丸，晒干了，放在玻璃瓶里保存着的。

爸爸用他的独手打开了他放酒药的香几柜的抽屉，却见满满一瓶酒药只剩了一半左右。

看到爸爸一脸惊愕的样子，妈妈这才调皮地把他拉到厨房一角，指着一个罩着黑色大塑料袋的坛子说："你打开看看。"

不用看，爸爸也知道那坛子里有米酒，因为他闻到了淡淡的酒香味。

"哇，玫瑰，你会酿酒啦？"爸爸的兴奋溢于言表。

"是小梅教我的，我失败了几次，浪费了不少酒药，这个是第二次做成功的。刚出酒时蛮甜的，我还给小安做了酒酿丸子吃，但后来酒变'辣'了，我们就没动它了。你快尝尝，怎么样？"

说着，妈妈揭开塑料袋，一掀坛盖，顿时，一股浓浓的酒香味就弥漫了整个厨房。

小安也顾不得拍视频了，他从碗橱里拿出一个勺子，舀了满满一勺子米酒送到爸爸嘴边："爸爸，快尝尝妈妈做的米酒！"

爸爸赶紧低头尝了一口，嘴里喊着好吃好吃，眉头却忍不住皱了起来。

妈妈见了爸爸那表情，忙问："其实很难吃的，对吗？"

"不会的，酒是好酒，但对我来说，这酒太凶了！"爸爸很老实，被妈妈的目光一"钉"，便如实招供。

"那还能用吗？还可以蒸发糕吗？"妈妈忙问。

爸爸笑着回答："当然可以呀！明天就做起来！"

"好呀，明天蒸发糕喽！"妈妈说着，像少女一样跳跃着欢呼起来。

"哎呀！好呀！"小安跟妈妈一起欢呼，可这时，他的肚子发出了"咕咕"的声音。

"啊呀，忘了烧晚饭！忘了烧腊肉土豆饭！"妈妈一拍额头，大笑道，"哈哈哈，我们只顾着明天蒸发糕的事了，要赶紧烧晚饭呀！"

于是，小安和妈妈就忙碌开了，爸爸也用他的独手帮忙烧火……

等一家人坐在灯下，吃着香喷喷的腊肉土豆饭时，小安忍不住感叹："明天要蒸发糕，我好期待明天快点到来啊！"

"我也期待！"听了小安的话，爸爸妈妈竟异口同声地说道。

旋即，这山中泥墙小屋上的瓦片，就差点被一阵笑浪给掀翻了。

"咕咕，咕咕……""啾啾啾，啾啾啾……""嘀咕叽叽，嘀咕叽叽……"屋后林子里的归鸟们也笑成了一团。

# 一不小心成网红

"叽叽叽，咕咕咕……"

第二天早上，爸爸妈妈还在梦中，一长串鸟鸣却将他们吵醒了。

这串鸟鸣叫得好急，仿佛就在他们枕边。

妈妈睁开眼睛一看，不禁笑了："哎呀，小安，怎么是你在学鸟叫啊？"

爸爸看看手机说："才六点半，今天放假，你又不上学，怎么这么早就醒啦？"

小安说："因为'明天'已经到了，我想看你们做发糕啊！快起床，快起床！"

在小安的拉拽下，爸爸妈妈终于起床了。

简单地吃了一碗地瓜稀饭配青椒炒鸡蛋后，爸爸妈妈就忙活开了。他们要先磨浆粉。本来可以去碾米厂磨，但妈妈说既然要拍视频，还是自己用石磨磨更好一些，于是，院子一角的老石磨被清洗出来了，这还是爷爷奶奶留下的。岁月不仅将石磨的凹槽磨钝了，也将石磨的外表磨圆了，给这石磨添了一种古朴沧桑的美。

浸了一夜的米，洗干净后，放在水桶里，搁在石磨边，爸爸很自然地要去拿磨推，可是妈妈却抢先一步将它握在了自己手里："无线电，你一只手怎么推磨？你还是给我打下手，帮我添米添水吧！"

爸爸听了妈妈的话，看了看自己包裹着厚厚白纱布的左手掌，乖乖坐在凳子上，开始给妈妈打下手。

小安则笑盈盈地端着手机，把妈妈推磨、爸爸给磨孔喂米添水的一幕拍了下来。

吱咕，吱咕，吱咕，高高的妈妈，半弯着腰，不断地踮脚，踩下，手随之反复送出磨推，又拉回，让沧桑的石磨飞快地转动着，哼出了一支吱吱咕咕的歌，让古老的石磨淌出白白的米浆浪花，翻出一个个久违的青春浪花。

泥墙上的麻雀，林子里的飞鸟，跟这轻快的磨之歌应和着，唱出了一曲好嘹亮的清晨交响乐——叽叽喳喳，叽叽喳喳……

磨的歌，鸟的歌，把小安逗得手舞足蹈。

可是，十斤米可不是一时半会儿能磨完的。拍着拍着，小安感觉有点无聊了，便跟那一对磨浆人说："妈妈，爸爸，你们慢慢磨，我去玩一会儿，好了你们喊我啊！"

说完，小安离开父母，举着手机，去拍了泥墙屋、厨房，拍了屋后的林子、旁边的茶园，还拍了山坡下的小溪。

恰好，叶大爷的小牛、中牛和老牛也在小溪边吃草。其实，中牛已经长成了一头非常健俊的大公牛，而小牛也长成了一头俊俏的中母牛。它们一家三口在溪岸上低着头吃草，动作不疾不慢，舒缓优雅，嘴里还发出轻轻的呲呲声，像轻音乐，也像小夜曲。小安拿手机对着它们拍呀拍，心里涌上一股特别安详、宁馨的滋味，但他不知如何准确地表达这种滋味，只是对叶大爷笑道："大爷，我一看见你的牛——我的好朋友，心里就又舒服又高兴，我太喜欢它们啦！"

"小安，它们也喜欢你呀，看，花花看你的眼神多温柔呀！"

花花就是小母牛的名字，因为它头顶的发旋儿特别好看，像一朵花。

小安伸手去抱花花的脖子，才发现，他已经抱不住花花的脖子啦，因为花花长大啦！

恰在这时，从山坡小院里传来了妈妈的呼唤声："小安，小安，我们蒸发糕的第四步工作——磨浆粉已经磨好啦，摄像师需要回来拍第五步工序啦！"

小安忙摸了摸花花头顶的花旋儿，飞快地朝家里跑去，开始忠实地履行一个摄像师的工作——把爸爸教妈妈的蒸发糕的其他工序一一拍摄了下来：

把酒糟（酒酿）捏碎，掺进浆粉，一笼糕加半碗左右的酒糟，这是蒸糕的第五道工序。

第六道工序，是在浆粉里加白糖，一斤米大约加四两白糖。

第七道工序，是在浆粉里加板油，一斤米大约加二两板油。

第八道工序，是把浆粉、酒糟、白糖、板油搅拌均匀。这道工序花了妈妈不少力气，当浆粉、酒糟、白糖、板油被妈妈搅拌得像锅稠粥一样时，爸爸说："玫瑰，搅好了，等下浆粉就可以上蒸笼啦！"

第九道工序，是在蒸笼里铺一层干净的箬叶（粽叶），把稠稠的浆粉舀到蒸笼里的箬叶上。十斤米做出来的浆粉，分四个笼装。将浆粉在四个蒸笼里铺平，上面各嵌六颗红枣、六颗彩色水果糖装饰一下，然后静静等待浆粉"发"起来。爸爸说这个最快也要半天，也可以放在热水里加速发酵，或者开暖空调"助酵"。

第十道工序，也就是最后一道工序，是等浆粉发得差不多与蒸笼口一样高了，就把四个笼叠在一起，放在柴灶的大锅里蒸。

这时，妈妈已经忙完了，她来到爸爸身边，跟他一起坐在灶膛口，一起给柴灶添柴。不久，锅里的水开了，从蒸笼里腾起一片蒸汽。

"快好了吗?"妈妈和小安见此情景,一起问爸爸。

"再蒸一小时,发糕就蒸好了。"爸爸悠悠地说道。

"哇,还要一小时!"小安和妈妈又异口同声地惊叹道。

这一小时,真的好漫长好漫长!

仿佛等了一个世纪,爸爸终于说:"糕应该蒸好啦!"

妈妈忙不迭地把蒸笼从大锅里拿出来,搁在砧板上,对爸爸说:"'独手师傅',还是你来揭蒸笼盖吧!"

"不,蒸这个糕你最辛苦,还是你来!"

"还是你们一起来揭吧!"小安提议。

爸爸妈妈就一起将手伸向了蒸笼盖。

啊,糕很"发",蒸得特别成功!

小安一边拍摄着这一幕,一边忍不住大吼道:"哇,妈妈成功啦!哇,做发糕,也太不容易啦!"

"是啊,蒸一次发糕差不多要十个步骤。如果酒酿不是现成的,那么从做酒开始,蒸一回发糕,差不多需要一个星期的时间,是太不容易啦!"爸爸感叹道,"所以不管做得好吃不好吃,都要珍惜妈妈的劳动果实啊!"

"哈哈,做得好吃不好吃,你们吃一下不就知道啦!"妈妈性急,立刻要去倒发糕、切发糕。

可爸爸将妈妈拦住了:"等一下,这么好看的发糕,小安要先拍视频呀!"

小安忙冲那发糕举起了手机。

妈妈蒸的发糕，确实太美啦，像个乳白的大月亮，圆润、丰满、白糯糯又胖乎乎的。"月亮"的脸颊上，又有蒸化了的绿水果糖、黄水果糖，还有红色的枣子，给"月亮"化了一个美美的妆容，更有一股香喷喷、甜津津的热气直扑小安的鼻子。

这么美丽、香甜而滚烫的大"月亮"，小安平生还是第一次看见，所以他拍到一半，就把手机往爸爸的右手里一塞，说："爸爸，你来拍，我要吃发糕！"

"吃吧吃吧，小安，糕太烫，不大好切，你就先用勺子舀一块吃吃吧！"妈妈说着，递给小安一个不锈钢汤匙，小安一接过来，就往发糕边上狠狠地插了下去。

"嘶哈，好吃，又香又甜的，就是太烫啦，嘶哈嘶哈……"小安顾不上正对着他的手机镜头，只管贪婪又狼狈地吃着发糕，连清鼻涕被烫出来了都不顾。

"哈哈哈，我生了好大一只馋猫呀！"妈妈大笑，对爸爸说，"你也来吃，赶紧尝尝看，然后去喊亲朋好友来吃发糕。"

"还是先敬一碗给我娘我爹吃吧。下午，我们再去给他们上坟。"爸爸轻轻地说。

啊，这时，妈妈和小安才想起来这次做发糕的真正目的。

妈妈不顾烫手，赶紧切了两碗发糕，摆在了爷爷奶奶的遗像前，还点燃了蜡烛，烧了香、纸，请天上的奶奶和爷爷吃发糕。

做完这一切，妈妈才忙着给倪霞阿姨、小梅阿姨发做发糕的视频，发邀请她们来吃发糕的微信，爸爸和小安则跑出门去，请邻居们来吃发糕……

很快，小安家里就挤满了乡亲，隔壁的爷爷奶奶，妈妈的闺密，爸爸的好友，还有那些帮小安家开茶园、种茶树的乡亲都被请来了，爸爸还特意给大家热了他从打工之地衢州带回的特产——三头一掌：鱼头、兔头、鸭头和鸭掌。连妈妈酿的米酒也被端上了桌，而且是连酒坛子一起被妈妈捧上来的。

"酒是好酒，就是很凶的，有谁敢喝吗？"妈妈问大家。

"倒点我尝尝！"叶大爷第一个举碗要酒，旋即，在场的男同胞基本上都喝起了妈妈自酿的米酒。女人中，敢喝"凶酒"的唯有倪霞阿姨。

酒至半酣，倪霞阿姨说："好久没这样开心啦，玫瑰，你的手好巧呀，什么都能做，我刚刚已经在微信里给你申请了一个短视频号，把你发给我的那些视频发到网上去了，你快看看有多少点击量！"

呀，真是不看不知道，一看吓一跳，不到一小时，这非洲媳妇玫瑰做发糕的视频，点击量就破万了！

"玫瑰，你看，你看，我就说你有当网红的潜质吧！加油，以后多拍点，你弄个几十万粉丝，我看一点儿没问题！"

"拍什么？平时哪有这么多东西好拍呀？"玫瑰兴奋得大眼睛熠熠生辉，像藏了无数寒星在眼中，但那亮闪闪的目光中，又掺杂着一丝迷惘。

"我可以教你做其他东西呀，做麦饼呀，打麻糍呀，裹长尾粽呀，烧各种小菜呀，我会做的东西可多啦，只要你愿意学，我就教，说不定这些东西拍起来，大家都喜欢看呢！"爸爸今晚也喝了点那很凶的酒，不知不觉间，他说话自信了，情绪也变得激昂了。

"哇，这个主意好，玫瑰，明天你就学起来，视频也赶紧拍起来！我相信，你会大火的！"倪霞阿姨连连夸赞爸爸的好主意。

这时，小安沮丧地插了句："可明天我要上学了，谁给他们拍视频呀？"

"我来，我来，我可以帮忙！"小梅阿姨连忙举手表态。

"我来，我来，我可以帮忙！"妈妈的另一个好朋友英英阿姨抢着说道。

"也可以用三脚架拍的！"倪霞阿姨也连忙出主意。

"那好，就这样定了，我们明天就正式试试！"妈妈牵住爸爸的"独手"激动地说，"反正你这个师傅我拜定了！"

"好，你这个徒弟我也收定啦！"那一刻，爸爸比妈妈还激动，眼睛都泛红了，"我这个山村农民，能够遇到你，太有福气啦！以后，我哪里也不去了，就守着你，守着这个家，好好教你做菜，你呢，也好好努力，争取做网红！"

"好啊，好啊！"乡亲们听了，都情不自禁地为"独手师傅"和玫瑰鼓起掌来。

倪霞阿姨搂住妈妈说："玫瑰，你做了网红，可别忘了乡亲们，别忘了推荐我们这里的土特产啊！"

"那是肯定的，哈哈哈，好像我已经是网红啦！"妈妈撒出她标志性的大笑，惹得大家也哈哈大笑起来。

在这个吃发糕的日子，大家的心里都萌生了对发家致富的无限渴望……

下午，在给爷爷奶奶上坟回来的路上，妈妈问爸爸："无线电，你跟我和小安说说你爸爸妈妈的往事吧，我们都没见过他们，很遗憾啊！"

"那时生活太苦啦，我很小的时候他们就因病去世了，我只记得那时我爸天天砍柴，最爱吃粽子，他说粽子最抗饿！妈妈最爱吃发糕，还有蛋皮。蛋皮也叫鸡蛋面，但那时家里穷，每次做蛋皮，妈妈自己都舍不得吃，都留给我们三兄弟吃……"

说着说着，爸爸哽咽了。

妈妈看了爸爸一眼，发现他满眼含泪，便伸手为他擦了擦眼泪说："无线电，别伤心，等下回家我就给你做蛋皮吃，你只要告诉我怎么做就行！"

"我也要吃蛋皮，我还要拍蛋皮！"小安在一旁又蹦又跳地帮腔。

爸爸立刻破涕为笑："好，晚上我们就做蛋皮！谢谢你们！我能过上这么幸福的日子，我爹娘一定做梦也想不到啊！"

"你放心，他们在天堂能看到的，他们也会很开心的！"妈妈继续安慰爸爸。

爸爸用他的"独手"搂住妈妈，高喊了一声："走，回家去做蛋皮吃！"

没一会儿，一家三口就在厨房忙开了。

在爸爸的指导下，妈妈先往一个搪瓷小盆里舀了一大碗番薯淀粉，加进一勺清水，把番薯淀粉化开后，又朝里面磕了五个土鸡蛋，加了一小撮盐，然后用筷子将鸡蛋液和番薯淀粉打均匀。

"哒哒哒，哒哒哒……"妈妈打鸡蛋打出了旋律，打出了一支动听的歌谣。

在妈妈做这一切的时候，爸爸已经用打火机把干柴点着了，开始坐在灶门前烧火。

"玫瑰，你朝锅里倒一点儿茶油就可以啦，然后慢慢将鸡蛋番薯淀粉液倒下去，倒得均匀些，铺开，稍微一烙就可以了。"爸爸一边烧火，一边继续指导妈妈。

"嗯，这个容易，我不是常做鸡蛋卷给小安吃的嘛，这个其实跟鸡蛋卷差不多呀！"妈妈边说边朝锅里倒入一小勺茶油、一大勺鸡蛋番薯淀粉浆。

呀，热热的铁锅很快就把鸡蛋番薯淀粉浆烙黄了，妈妈忙将它翻了一个面，再烙了一会儿，起锅。然后倒少许茶油，开始烙第二份蛋皮。接着，又烙了第三份。

三份鸡蛋面皮摊在砧板上，金灿灿的，像三个太阳，又温暖又鲜香。

"喂，无线电，可以吃啦！"妈妈挡住了小安伸过去的手，对爸爸说，"你先吃！"

"还要将它们切成小拇指粗的蛋丝，放酸菜放水，煮成汤蛋皮才最好吃呀！"爸爸说。

没想到，烙蛋皮才是第一步。

妈妈依言将蛋皮切成了蛋丝，这时，摄像师小安再也忍不住了，他伸手抓了一沓蛋丝，津津有味地吃了起来："啊，妈妈，太香啦！"

"是啊，这是我童年最爱吃的菜呀！"爸爸感叹。

"这原来是菜啊！"小安和妈妈都惊讶地叫道，"我们还以为是饭呢！"

"等下烧了汤，配饭吃，特别好吃的！"

"好，我赶紧去焖饭！"妈妈听了，飞似的把饭焖上了。

这边，"独手师傅"已从院子里摘来了小葱，又掀开菜坛子，掏了半碗酸菜出来。

"玫瑰，你再切点五花肉，放姜丝、蒜末、青红椒炒一下，再放酸菜，放小半锅水，等水煮开，把蛋皮放进去，稍微一滚，撒上小葱，就可以吃啦！"

爸爸在教妈妈做这一切的时候，小安嘴里溢满了口水。

不用吃，光听听它的做法，就令人满口生津啊！

小安已经迫不及待地想吃蛋皮了，偏偏爸爸说："等一下，等饭焖熟了，再烧蛋皮，这样热乎乎的更好吃！"

唉，等待的时光好漫长呀！

没想到，这时从灶肚里居然飘出一股浓浓的番薯香。

"番薯好了，可以吃啦！"爸爸从炭火中掏出三个番薯。惹得妈妈也兴奋得尖叫了起来："无线电，没想到你还会变戏法啊，竟然偷偷给我们烤了番薯吃！"

"嘿嘿，就是想让你们大吃一惊嘛！"爸爸得意地笑了。

小安和妈妈狼吞虎咽地吃完烤番薯后，电饭煲里的米饭飘香了，妈妈赶忙开始做蛋皮汤……

小安又开始做摄像师，忠实地把蛋皮汤这道美味佳肴的做法给拍摄了下来。

"好吃！太好吃啦！没想到用普普通通的番薯淀粉、鸡蛋、酸菜能做出这么好吃的蛋皮汤，咱中国人真是太聪明啦！"妈妈一边喝汤，一边对着手机镜头高高地竖起了大拇指。

"是啊，咱们中国的饮食文化确实是非常有智慧的，玫瑰，你嫁到中国来，不后悔吧？"

"哈哈，你和中国，都是我这辈子最好的选择！"妈妈由衷地说道。

这个短视频发到网上后，妈妈的粉丝量一下子就增加了一万多。

很多人给妈妈留言："非洲女儿，中国媳妇，你是好样的！""玫瑰，你太有爱啦！""玫瑰，你不仅能把寻常小菜烧成美味佳肴，还能烧出幸福的感觉！""就喜欢看你的笑，真诚又活泼！""玫瑰，玫瑰，明天你要给我们烧什么菜？"……

看到这些粉丝的留言，妈妈激动得跳起了非洲舞。

激动过后，她开始认真思考："明天给大家烧什么？"

这真是一种甜蜜的负担啊！

"马上就到冬天啦，玫瑰，要不，我明天教你做酱油肉吧！"爸爸想到了他们家乡的另一种特产——酱油肉。

"酱油肉，复杂吗？会不会像蒸发糕那样要做好几天呀？粉丝会不会等不及哦？"妈妈第一次用了"粉丝"这个词。

"很简单的，你放心！"

这时，小安插嘴道："明天我要上学啦，爸爸妈妈，你们能不能早点做酱油肉？这样，我就可以拍了视频再去学校！"

"行，没问题！"爸爸点点头。

妈妈笑道："我更加没问题！"

"啊，明天要做酱油肉啦，好期待明天快点到来呀！"小安欢呼道。

"叽叽叽，咕咕咕……"惊得屋后响起一片鸟鸣。

"叽叽叽，咕咕咕……"眼睛一闭一睁，又一个"明天"在鸟鸣声中来到了人间。

小安起床后才发现，爸爸和妈妈一大早已经去镇上买来了十斤猪肉、两桶生抽，还有茴香、桂皮等一大包作料，而且，肉已经被切成了十块大肉片。

"小安，我们马上要开始做酱油肉了，你这摄像师快来拍摄啦！"妈妈唤他。

"不急不急，还要先把肉消消毒。"爸爸说道。

"啊，肉怎么消毒？"妈妈好奇地问。她也问出了小安心中的疑惑。

"玫瑰，你用盐和烧酒把这些肉片搓一搓，这样，不用水洗，肉也干净了。做酱油肉的肉，最好不要用水洗，这样才更容易保存。"

面对小安这个摄像大师的镜头，爸爸开始淡定地指导妈妈一步步地做酱油肉：先给肉消毒，然后把两大壶酱油都倒入锅中，放入茴香、桂皮、香叶、花椒等作料，一起煮。煮开后，将酱油舀进一个坛子，放在院子里让风自然把它吹凉。接着，将切好的大肉片一片一片地放进酱油坛中去腌。最后，酱油肉上还压了一块洗得干干净净的大卵石，爸爸说这样能把肉压得更瓷实一些。

"完成！玫瑰，你看，做这个很简单吧？这样腌制两天两夜，拿出来晒干，就可以放起来慢慢吃啦，用辣椒一炒，或者放饭锅里一蒸，又鲜又香，可好吃啦！"

"爸爸，你这样一说，好像连我也会做啦！你这个'独手师傅'好厉害，你已经成为'独手大侠'啦！"

"哈哈哈，'独手大侠'，这名字豪气！不过，你爸爸这手过一阵子就会好起来的！"

"那爸爸过几天就不是'独手大侠'啦!"

"啊,难道我的手好起来,不能做'独手大侠',你们还有点遗憾吗?那我就永远做个'独手大侠'吧!"

"呸呸呸……无线电,你要快点好起来,我们争取一起做网红!"

"我也要……"小安居然也表示想做网红。

"你不怕别人盯着你看啦?"妈妈脱口而出。

"早就不怕了……"

"小安真勇敢!"

"妈妈最勇敢!"

"你们都很勇敢,我永远是你们的粉丝,最忠实的粉丝!"爸爸用他的独手一把搂住妈妈和小安,幸福无比地笑了……

# 不到一秒钟

这天晚上，爸爸在翻日历。他左手上的伤已经好多了，但还扎着绷带。

这些天，无论爸爸要干什么，妈妈和小安都抢着说："你歇着吧！我来！我来！"

你看，即使翻个日历，此刻，妈妈和小安也异口同声地对爸爸说道："你歇着吧！我来！我来！"

"这点小事，我能行。"爸爸忙冲他们摆手，"我就是想看看还有几天到霜降节气，到了霜降，就要去摘油茶果喽！"

"霜降不就是后天吗？ 10 月 23 日是霜降呀！"妈妈随口说道。

听了妈妈的话，爸爸不由得睁大了眼睛："玫瑰，我看你比我更像中国人呀，连霜降都记得这么牢！"

"年年都是这天开始摘油茶果的，我能不记牢吗？"妈妈嗔怪爸爸，"还说我比你更像中国人，难道我现在不是中国人吗？"

"嘿嘿，你是！你是！你现在还是有名的中国好媳妇呢！"爸爸用独手抓了抓脑袋，羞赧地说。

这十天里，妈妈、爸爸和小安已经拍了不少美食视频，妈妈的粉丝量竟超过一百万了，妈妈现在可是大名人啦！

"只能说我很幸运，我选择了你，选择嫁到中国来！我真的做梦也没有想到，除了你和小安，还会有这么多中国乡亲喜欢我！"妈妈走到爸爸身边，感慨万千地抚摸着挂在墙上的日历本说，"当初我要来中国，我爸很反对，就怕我把自己的日子过得一团糟，幸好我妈信任中国人，帮助我说服了我爸！现在我爸爸妈妈都彻底放心啦，我好开心，好幸福……"

"我更开心，更幸福！"爸爸甜蜜地望着妈妈，深情地表白，"玫瑰，遇到你是我这一生最幸运的事！我保证，我们的日子一定会越过越好的！"

"还有我呢，遇到我，你们幸运不幸运？"小安忙举手提问。

"那是当然，你是我们爱情的结晶啊！"妈妈笑道。

"妈妈，我还想听你和爸爸认识的故事！"小安搂住妈妈的腰，娇娇地说道。

"哈哈，都听了无数遍了，你还想听啊？现在爸爸在家，你叫爸爸讲这个故事给你听吧！"

妈妈把"毽子"踢给了爸爸。

"讲故事，还是你妈妈厉害！不过，我讲自己的亲身经历，应该是没有问题的。"爸爸故作谦虚了一会儿，便坐在床边，滔滔不绝地讲起了他和妈妈认识的经过、相爱的历程。

"八九年前，你表姑在乌干达一个家具公司打工，和一位非常美丽、热情、开朗的本地姑娘成了好朋友，表姑因为太喜欢她了，就把她变成自己家里人，所以把我介绍给了这位姑娘。当时我考虑到自己大她十几岁，家里又穷，又没有什么文化，这姑娘是他们村的村花，觉得她不大可能理我，更不会看上我，没想到，我们在网上加为好友后，虽然语言不通，但经过翻译软件的帮助，居然越聊越有共同话题。我就斗胆邀请她来中国看一看。没想到，她来到中国后，居然一下子就看上了我这个山村穷小子，说我很温柔，很体贴，她很喜欢我。就这样，我们结婚了，第二年，她就成了你的好妈妈玫瑰！"

爸爸说着说着，已不知不觉被妈妈搂住了肩膀。

妈妈对小安说："小安，有缘万里来相会！以后，你也会遇到你心爱的玫瑰花的，我相信，你的明天一定比我们的更美好！"

"我不要别的玫瑰花，我只要妈妈这一朵！"小安趴在爸爸妈妈的膝盖上，说起了幸福的傻话。

"傻儿子！"爸爸妈妈同时笑道。

"对对对，我是傻儿子，还是小馋猫，妈妈、爸爸，我想知道明天我们吃什么、拍什么。"小安的思路转得好快，但万变不离其宗，他永远是只可爱的小馋猫，而且是个最忠实的摄像师。

"后天要摘油茶果，那么，明天我们裹长尾粽吧，吃粽子上山干活最抗饿，当年你爷爷就很喜欢吃粽子！我们裹一锅咸的猪肉粽、芋头粽、腌菜粽，再裹一锅甜的豆沙粽，反正，霜降了，天冷了，粽子不会坏的，吃不完的可以挂起来慢慢吃！"爸爸提议。

妈妈马上点点头："你跟我想到一块啦！"

"嗷嗷，豆沙粽我喜欢，平时妈妈不大做的！"小安欢呼，"我好期待明天快点到来呀！"

很快，小安期待的"明天"就在一片鸟鸣声中来到了人间。

昨天恰好是周五，今天一早，小安可以做爸爸妈妈的跟屁虫了。他自从起床，就一刻也没有闲着。作为爸爸妈妈的御用摄像师，他和爸爸妈妈一起上山摘箬叶，一起去菜市场买肉，一起煮芋头，一起煮红豆，一起碾豆沙，一起裹粽子，一起煮粽子，一起吃粽子。

豆沙馅的粽子，又香又糯又甜，小安忍不住对着手机镜头感叹道："我的妈妈玫瑰，又做出了一种人间美味！"

下午，小安又跟着爸爸妈妈准备摘油茶果的工具：大箩筐、小竹篓。妈妈还找出一个"尿素袋"，把它剪开，缝成了两个可以挂在胸前的小袋子。

"这个虽然不好看，但很实用，无论摘油茶果，还是明年春天摘茶叶，都可以用，挂在胸前，放油茶果和茶叶特别方便呢！瞧，我多聪明！"妈妈"王婆卖瓜自卖自夸"道。

小安挎了一下那结实的编织袋，竟一下子喜欢上了，又说出了他的那句名言："我好期待明天早点到来啊！"

第二天，油茶山"开禁"了，乡亲们呼啦啦全拥到了山上。

村庄里，每一座山上几乎都长着油茶树，有的树龄已经高达几百年，有的则是老树生出的小树，但无论老树还是小树，都是野生的，都结着比乒乓球略小的油茶果。油茶果像七彩小花一样美丽，嫣红中带点鹅黄，又泛着点青色。同一棵树上，不仅结着油茶果，还开着油茶花。油茶花比雪还要洁白，花蕊又是金黄的，看上去格外朴素圣洁又端庄高贵。

在开始摘油茶果时，妈妈对着小安的手机，回答了小安这样一个疑问："为什么同一棵树既结着果实又开着花朵呢？因为油茶籽要经历五个季节才成熟，比一般果实要多一个季节，它们只好一边孕育果实，一边开花。又因为油茶籽要经历五个季节的风霜雨雪，所以茶油才特别有营养，特别珍贵！而且，我们还得把油茶果一个个从树上摘下来，晒干，露出里面黑色的油茶籽，把油茶果壳一片片挑干净了，再晒，然后才能拿去榨油。山茶油特别来之不易，所以，它的价格也比菜油高得多。"

"哦，我明白啦！"小安情不自禁地喊道，"难怪你平时那么珍惜茶油!"

"是啊,每一滴茶油都很珍贵的,小安,你先不要拍了,先和我们一起摘油茶果吧!这一面山坡的油茶树,每一棵树上都有许多油茶果,不抓紧时间摘,恐怕过年也摘不完呀!"爸爸一旦开始干农活,就忘了自己跟老婆一样也是个网红呢,他只想着快点把活干完。

妈妈则鼓励小安多拍点视频:"就让小安再拍点我们干活的情景吧,还有这美丽的油茶花、油茶果,别忘了,小安拍视频也是干活呢!"

小安听了妈妈的话,就跑到很多叔叔阿姨身边,拍下了他们摘油茶果的镜头。没想到,小安拍下的这些视频,后来在网上竟引起了采购山茶油的热潮。

整个山村,家家户户的山茶油都成了抢手货,倪霞阿姨的公司生产的山茶油更是如此。大家都在无形中得到了小安一家的帮助,所以,小安和爸爸妈妈很快就成了村里的"带货大王"……

不知不觉,寒假到了。放了假的小安,反而变得更加忙碌,因为他爸爸妈妈的粉丝越来越多,已经超过了三百万。爸爸妈妈每天都在忙着做美食,忙着拍视频。连妈妈的闺密小梅阿姨和英英阿姨都成了小网红。现在都是妈妈的朋友来帮忙拍视频了,但小安常常需要"出镜"。在自己的生活中做个小演员,起先小安觉得很好玩,但拍多了,他就感觉厌烦了。他常常从家里溜出去，找叶大爷玩。

叶大爷的黄牛，在冬季刚刚来临时，竟然又生了一头小公牛。

这头小牛，毛色偏黑，腿儿很高，还不会吃草，整天就爱躲在牛妈妈肚子下吃奶。它吃奶时，喜欢用脑袋轻轻顶着妈妈松软的肚皮，四条长腿还爱交替着踏来踏去，好像喝奶喝醉了，在打醉拳似的，可好玩了！小安恨不得一天二十四小时都跟牛宝宝待在一起。

这天午后，他又从家里溜了出去。因为他无意间听爸爸说，牛跟人一样，也很爱喝蛋花汤。所以，他为黄牛妈妈和它的三个孩子送去了一小篮鸡蛋。

要找叶大爷和他的四头牛一点儿也不难，因为叶大爷就爱在溪边放牛。

这天，当小安找到叶大爷时，他和他的牛都在小溪上游的一个草滩上晒太阳。

牛儿是边吃草边晒太阳，当然，那个最小的牛宝宝是边吃奶，边舞"醉拳"，边晒太阳。而叶大爷呢，他坐在一块大溪石上，一边望着牛儿，一边发呆，一边晒太阳。

小安蹑手蹑脚地走到叶大爷身后，突然把鸡蛋篮伸到了他面前，还冲叶大爷大喊了一声："大爷，看，我带什么来了！"

叶大爷吓得一激灵，从大石块上滑了下去，他乱舞的双手差点碰翻了鸡蛋篮，而他下滑的屁股差点坐进溪水里。

惹得小安震天动地地大笑起来："哈哈哈，大爷你也太胆小了吧，哈哈哈……"

"不是我胆小，而是我刚才在发愁，因为我家的牛太多了，我想卖牛，又舍不得把它们卖到宰牛场去。唉，怎么办？我都愁死了！"

叶大爷说着，深深地叹了口气。

"要把谁卖啦？"小安大吃一惊。他可舍不得牛宝宝和小母牛花花。

"想卖黄母牛的大儿子。"

"哦，这还差不多！"小安小小地松了一口气，小脑袋马上开始飞速地转动起来。

一会儿，小安就有了主意："叫我妈妈帮你在网上卖吧，我妈妈现在可是大网红呀！"

"对呀，我怎么没想到，可以请你妈妈帮助我呀！"叶大爷是个光头，这时，他兴奋得一个劲儿地摩挲着他的光脑袋。

惹得小安又疯笑不止，还打趣道："大爷，要是我妈妈需要你'出镜'，你可要好好去理个发呀！"

"嘿嘿，小安，连你也取笑大爷秃头呀！"

"不是取笑，我喜欢还来不及呢！"

小安说着，竟然冲上去抱着叶大爷的秃脑门"吧唧"亲了一口。

"口水娃，你把口水弄到我脑门上啦，嘿嘿嘿……"叶大爷打趣小安。

这对不是亲爷孙的爷孙，顿时在溪滩上笑成一团，惹得黄母牛和它的三个孩子都扭过头来看热闹……

当天下午，叶大爷和他的四头黄牛就在非洲媳妇玫瑰的短视频里"出镜"了，这个视频是小安拍的，拍了清澈的小溪，拍了四周优美的环境，拍了母牛的安详、牛宝宝的可爱、花花的俊俏，更突出了那牛哥哥的健硕、伟岸。

当玫瑰妈妈说那头健壮的公牛需要出售，但宰牛师傅免打扰时，不到一秒钟就有人说要买这头公牛，因为他正需要一头公牛用于耕田。

"真的是用于耕田吗？现在已经很少有人用牛耕田了！"玫瑰妈妈很紧张，就怕那人只是嘴上说说，最后还是会把那健壮的牛哥哥送上菜市场的牛肉摊。

"我来自台湾，人们都叫我二哥，我在衢州乌溪江山里开了一个有机农庄，我种水稻、种果树、种茶、种菜，都不用化肥，耕田也只想用牛来耕，我想物色一头年轻公牛很久了，我是诚心想买这头牛，是真正想把它用于耕田的！"

"太好啦！我把叶大爷的电话告诉您，具体价格你们自己谈！"玫瑰妈妈快人快语，不到一分钟就促成了一桩生意。

那台湾二哥最后以一万八千元的价格买下了叶大爷家黄母牛的大儿子。

这事，在村里引起了轰动。

从此，小安的爸爸妈妈更忙了。乡亲们恨不得把家里所有的土特产都搬到小安家里，让非洲媳妇玫瑰帮忙在网上销售。因为临近过年，土鸡、土鸭、土鸡蛋和冬笋、手工年糕、发糕、粽子等都成了抢手货。妈妈在网上一"广告"，这些东西常常不到一秒钟就有买主了。

玫瑰妈妈日夜都在帮乡亲们带货，忙得声音都沙哑了，喉咙都充血了。爸爸买了很多胖大海给妈妈吃，但效果不大。

这天早上，还不到七点呢，大门口就传来了笃笃笃的声音。

这声音吵醒了正在睡懒觉的小安一家。

"是啄木鸟吗？"因为常常被鸟鸣声吵醒，小安很自然地把大门口那笃笃笃的声音想成了啄木鸟的啄树声。

爸爸没说什么，跳出热乎乎的被窝，披上棉袄去开门，原来，是村里的养蜂户美卿阿姨来了。胖乎乎的美卿阿姨手里提着一罐褐黄色的土蜂蜜，径直走进小安的卧室，对玫瑰妈妈说："玫瑰啊，我和丈夫在山里养了几十桶土蜂，割了不少蜂蜜和蜂王浆，可卖了很久也没卖出去多少，希望你帮帮忙，替我们在网上卖卖看！"

"我，快变成哑巴了！"玫瑰妈妈指指自己的喉咙，声音轻得像蚊子叫。

"这可怎么办？过年前这阵子，可是卖蜂蜜的最好时机呀，大家不仅可以买来自己吃，还可以用来做拜年的礼物！"美卿阿姨好着急。

"要不，你们自己也试试做短视频？这不难的，在微信上就可以申请的，而且很快就可以通过的。"玫瑰妈妈用低哑的声音指导美卿阿姨。

"我能行吗？我都四十好几喽，会有人看我的视频吗？不像你，年轻又漂亮，跟我们还不一样，大家都对你这个非洲媳妇很感兴趣！"美卿阿姨根本不相信自己也能在网上卖货。

玫瑰妈妈鼓励她，还跟她开玩笑："只要货真价实，肯定有人要的。再说，人家不是要买你，而是要买你的土蜂蜜！"

"好吧，那我回去试试看吧！玫瑰，谢谢你指点我，这壶土蜂蜜就送给你吃啦，这土蜂蜜，清凉解毒的，对你的喉咙很有好处！"美卿阿姨边说边离开了小安家，可玫瑰妈妈一骨碌钻出被窝，追了上去，硬把土蜂蜜还给了她。

"乡里乡亲的，你又是大姐，我怎么能要你的蜂蜜呢？"

"不要就是看不起我！"美卿阿姨态度坚决地搁下蜂蜜，呼啦一下就逃出门去了。

这时爸爸拿出两百块钱，要小安追上去："小安，给你一个任务，一定要把这钱给美卿阿姨哈！"

"好！"小安说着，套上棉袄就去追。

恰好追到小溪边，小安追上了美卿阿姨，他听到美卿阿姨正在自言自语："能行吗？我能行吗？我好怕啊！"

"你一定行的，快回家试试吧！"小安猛地拦在她面前，把钱往她手里一塞，说，"我和爸爸妈妈都祝你成功！这个钱不收下，就不吉利啦!"

小安曾多次听到妈妈给送礼的乡亲说过这话，所以他在美卿阿姨面前活学活用了。

美卿阿姨很感动，一把抱住小安，在他脸上狠狠亲了一口，说:"谢谢小安，谢谢你的爸爸妈妈，我一到家就叫我儿子翔翔帮我弄个短视频，他虽然才读小学六年级，但在这方面很灵的。我一定要试一试，不试试怎么知道行不行呢! 多谢啦!"

当天下午，美卿阿姨和她丈夫用蜂蜜水饲养土蜜蜂的短视频就被传到了网上。哇，没想到，不到天黑，美卿阿姨就卖出了六斤蜂蜜、两斤蜂王浆。

美卿阿姨太激动了，她连忙跑到玫瑰家来报喜，对着玫瑰直喊师傅:"玫瑰师傅，多谢您! 多谢您!"

"哈哈，我看，我妈妈也成了大侠——'玫瑰大侠'!"

小安多为"玫瑰大侠"妈妈感到自豪呀!

妈妈因为帮到了美卿阿姨，还成了师傅，也特别兴奋，她特意跑到美卿阿姨家，帮她一起拍短视频，在美卿阿姨的视频里"出镜"了几次，结果，不到一周时间，美卿阿姨家里的土蜂蜜、蜂王浆就销售一空了。美卿阿姨尝到了网上卖货的甜头，自己的土蜂蜜卖完了，也还在拍视频，因为她也像"玫瑰大侠"一样，开始帮亲朋好友卖起了家乡的土特产。

不知不觉，假期就过了一半，春节来了。

这是一个多么激动人心的春节呀，因为妈妈的粉丝量居然突破了五百万。这是小安一家做梦也没有想到的。

在除夕夜，爸爸妈妈做了一桌很丰盛的美食，与网上的粉丝们分享，也接受了无数粉丝的祝福。他们差不多忙到凌晨两点才睡下。可大年初一早上，不到七点，小安家的门又被人笃笃笃地敲响了，敲门的当然不是啄木鸟，而是美卿阿姨。

"我来给我师傅拜年！玫瑰，你是对我们帮助最大的好师傅，我永远也不会忘记你的恩情！"

"哈哈，美卿姐你过奖啦！我们都是乡亲，都是好姐妹，让我们一起为家乡变得更美好，为生活变得更富裕而努力吧！"玫瑰妈妈开心地拉着美卿阿姨的手，欢欢喜喜地迈入了充满希望的崭新的一年。

# 一头羊的诚意

春天来了，去年秋天飞到南方去过冬的白鹭一家又回来了。

咯咯、嘎嘎的白鹭，就像装在高高的泡桐树上的小喇叭，从早到晚都为美丽的泡桐花唱着赞歌。

八哥鸟、乌鸫鸟、四喜鸟们也不断地扬撒着歌声，歌颂着春天的美、大地的好、大山的妙。

抱着泡桐树，静立树下听鸟鸣声，这是小安的一个老习惯了。现在，他更爱来屋后和鸟儿们相伴了。

虽然他们一家还生活在老旧的泥墙屋里，但妈妈现在可是货真价实的大网红了，她的粉丝量竟然已经超过了一千万。

爸爸说："这比做梦还像做梦！"

妈妈为了对得起粉丝们的关注、关爱，也真是拼了，不是在做短视频，就是在准备做短视频。倪霞阿姨、小梅阿姨、英英阿姨、美卿阿姨，现在是妈妈最有力的后援团，小安不用老为妈妈做摄像师了。她们把爸爸妈妈在自家新茶园里采新茶的劳动拍成了短视频，把爸爸妈妈一起挖笋做农活的场景拍成了短视频，把妈妈独自在山野溪边剪马兰头、剪荠菜、采青艾的情景也拍成了短视频，当然，也拍妈妈做青团、晒笋干、烧野菜等一切事儿。

妈妈的粉丝量日复一日地往上涨，达到了一千两百多万。

全村人都惊叹，这个非洲媳妇玫瑰竟受到了全中国人民的喜爱！

妈妈越来越忙，每逢周末，小安常趁妈妈、爸爸、阿姨们拍短视频时溜出来玩。

妈妈自然希望小安能多多"出镜"，但有时明明听见妈妈在喊他，他也会假装听不见。

大家都说小安好害羞。只有小安自己知道，他还是不喜欢被那么多人盯着看呀！

"算了，算了，他到底是个小屁孩，就让他好好玩吧！"妈妈其实是非常心疼、理解小安的，找不到小安时，常这么嚷嚷一句，也就忙她自己的"正事"去了。

这里是离县城五十多公里的远山，不像在城里，爸爸妈妈一看不见自己的孩子就紧张。这里的孩子，在野外和同伴玩上半天，到吃饭时间才出现在餐桌旁，那是常事。

除了邻居小孩，小安还有一群特殊的玩伴，那就是满山的竹木、花草、鸟雀。

此刻，小安正抱着泡桐树听鸟鸣，突然听到从一棵水杉树上传来了"唢唢唢"的吵闹声，乍一听，像白鹭在叫，可细听并不像。他想跑过去看个究竟，俯身捡起几朵泡桐花，把它们拿在两只手上，按在头顶。小安想把自己伪装成一棵小泡桐树，然后悄悄地轻轻挪动着小脚，来到了那棵水杉树下。水杉才发芽，所以树上的情景一览无余。呀，他看到，"唢唢唢，唢唢唢"叫个不停的竟是两只小松鼠。听语气，这两只小松鼠好像在吵架呢！

"嘿嘿，你们也吵架吗？"小安忍不住笑了。他一笑，小松鼠就各奔东西，飞窜到邻近的两棵竹子上去了。

小安抬头看看松鼠，松鼠哧溜一跳，已经不知所踪。但地上有东西绊了他一下，他低头一看，原来是一个竹笋尖。

"妈妈，妈妈，我发现了一根大毛笋，我要挖笋，帮我拍一下！"他冲屋内大叫。

瞧，其实他也习惯了平时拍短视频的生活！

可屋内没人应他。

他跑回家一看，爸爸妈妈都不在家，却听见山坡下小溪边很是热闹。

爱看热闹是小孩的天性呀！小安自然朝那热闹处狂奔而去。

哇，他看到好多好多人正骑着自行车依次经过溪边公路。那些人头上都戴着骑车帽，身上都穿着骑车服，五颜六色的，有点像马戏团里的人。

"是要演马戏啦？"小安兴奋地问身旁的一个小伙子。

"他们是在进行骑自行车比赛！"小伙子回道。小安仔细一看，才发现那高大的"小伙子"是美卿阿姨的儿子翔翔。翔翔哥哥虽然才读小学六年级，看上去却像个高中生了，嘴唇上都有了灰蒙蒙的小胡须。

"哎，小安，这自行车比赛暑假里有少年赛的，我想去参加，到时你来帮我呐喊助威吧！"翔翔哥哥邀请小安。

"好啊，好啊，我也想参加！"小安对那五颜六色的骑车服好感兴趣，他恨不得暑假马上到来，自己也去做个赛车手。

可翔翔哥哥说："你太小了，不到十二周岁，可不能骑车！"

"那你满十二周岁了吗？"

"当然，我是正月初一生的，已经满十二周岁啦！"

"好吧，反正这个暑假我要学骑车！"小安大声嚷出了他的暑假梦。

人群中，妈妈看见了小安，听见了小安的计划，她奋力挤到小安身边，说："小安，这个暑假，我们要回外婆家！"

"啊，回外婆家？"小安又惊又喜，一把抓住妈妈的手掌间，"这是真的吗？我们要回外婆家啦？"

"是啊，昨天我跟你爸爸才决定的，哈哈哈！咱们一起去，去看看你的外婆，我的外婆，还有你外公、舅舅、阿姨他们，我嫁到中国都八九年了，还没回去过呢！我都想死他们啦！"虽然是在喧闹的人群中，妈妈说着说着，眼中的笑花也情不自禁地翻成了泪花。

"妈妈别哭，我们一放假就回去，我要把粉丝们寄给我的最好的礼物送给我的外婆、外公、舅舅、阿姨，还要送给你的外婆！"

"好，谢谢小安！"妈妈紧紧地抱着小安。这时，自行车队已经过去了，人群也渐渐散去了。

小安搂着妈妈慢慢地往坡上的家走去。

当他们到家门口时，却看见翔翔哥哥从山坡下气喘吁吁地追了上来，还拖着一辆蓝色的小自行车。小路旁开着一片片金黄的油菜花，那自行车的前轮后轮，在"花路"上，在高大的翔翔哥哥手中，很像一对蓝气球。

翔翔哥哥对小安说："小安，小安，这小自行车送给你！这是我十岁生日时爸爸妈妈给我的礼物，这两年我长得太快太'着急'了，这小自行车我也用不着了，就送给你吧，你可以用它先练一练！"

"啊，谢谢翔翔哥哥！"小安惊喜地喊道。

没想到，美卿阿姨也气喘吁吁地追了过来："翔翔，傻儿子，要送弟弟自行车应该去买辆新的呀，怎么送旧的小自行车给他？"

"这对我来说可是最有意义的礼物呀，我送给小安，也是我的心意呀！"翔翔反驳他妈妈。

"我喜欢，我喜欢，我暑假要回外婆家，我也要把最有意义的礼物送给他们的！"小安欢喜地接过翔翔哥哥的自行车，笑着叫道。

"啊，你们终于要去乌干达啦？"美卿阿姨也叫了起来。

"是啊，我终于要回娘家啦！"妈妈也高兴地叫道。

不久，这个消息像长了翅膀一样，传遍了全村。村民们络绎不绝地拿着各种土特产来到小安家，要玫瑰带给她远在非洲的妈妈。

妈妈笑了，也感动地哭了。她对乡亲们说："谢谢你们，你们真是太好啦！可是我回乌干达带不了这么多东西呀！你们还是拿回去吧！"

乡亲们怎么肯轻易把礼物拿回去呢？爸爸妈妈就跟他们"斗智斗勇"，想尽一切办法，既收下了乡亲们的心意，又把礼物退了回去。

呀，在准备出发去外婆家的那段日子里，家里可真是太热闹了，就像油菜花、桃花、李花开那么热闹！

待这些花儿结了油菜籽、桃子、李子，轰轰烈烈的春天就过去了，火辣辣的夏天来到了。小安的学校一放假，妈妈就带着爸爸和他踏上了去乌干达的旅程。

这是小安第一次出远门，第一次乘高铁，第一次坐飞机。

在高铁上，小安惊叹："列车跑得真快，把地上所有的花啊树啊小河啊大桥啊房子啊都甩在后面啦，它是跑步第一名！"

在飞机上，小安更加惊喜不已："哇，我们在白云上面呢！我们飞得比天还高呀！"

小安的话，不仅把爸爸妈妈逗得哈哈大笑，也把后排的乘客给逗笑了。他们是电视台的两名记者，是跟小安一家来拍纪录片《非洲玫瑰回娘家》的。

他们是一对好看的大哥哥大姐姐，一路相处，小安早和他们成了好朋友。

不过，因为路途遥远，小安在"比天还高"的飞机上渐渐失去了看云海的兴致。不久，他就昏昏然地睡着了。

终于，飞机要降落了。小安也睡醒了，他满心期待地问："外婆家到了吗？要见到外婆了吗？"

"还没有，宝贝，我们才到达埃塞俄比亚，要从埃塞俄比亚转机去乌干达的首都坎帕拉，然后再乘车去托罗罗的一个村庄，外婆家在那里！"妈妈跟小安介绍接下来的行程。

没想到，小安又开始口吐妙语了："外婆家好远呀，比天涯海角还远！"

"是的呀，你外婆家简直比天涯海角还远！"爸爸对小安的话十分赞同。不过他马上转头对妈妈说："玫瑰，谢谢你当年不远万里来到中国，来到比天涯海角还远的地方，嫁给我。我保证，这辈子对你的感情一定海枯石烂永不变！"

"天涯海角，海枯石烂，嘻嘻，爸爸你好像在写诗呀！"小安拍着手喊道。

这下子，他们的疲劳都得到了缓解。

等飞机在乌干达首都坎帕拉的机场降落后，小安发现有好多人来迎接他们，有舅舅，有表姐，还有一位奥利弗·沃内卡女士。

小安像个大人似的跟奥利弗女士握手，叫她"Aunty"（阿姨），向她问好，回答她的问候，说："I'm fine."（我很好。）

小安会说的英语不多，但妈妈教一下，他就会说了。他学得很快，所以得到了奥利弗女士的称赞："Good!Good!"（好的！好的！）

奥利弗女士还告诉他，她明天就要回中国了。

"妈妈，她跟你一样，也是非洲人，为什么她说要回中国了？她也嫁到中国了吗？"小安悄悄地问妈妈。

"她是驻华大使呢！就是代表我们乌干达常驻在我们中国的一个高级外交官！"

"哇，她好厉害！"

"是啊，要谢谢她来接我们回家，我感觉很光荣呢！"妈妈激动地说。

听着他们母子俩的对话，爸爸笑了："玫瑰，你一会儿说'我们乌干达'，一会儿说'我们中国'，又说'我们回家'，听你这么说，我现在真正感觉乌干达和中国是一家亲呢！"

"那是呀，我和你早就是一家人啦！"妈妈幽默地回答爸爸。

记者哥哥、记者姐姐听得直点头。

很快，小安和爸爸妈妈告别了在坎帕拉工作的二舅、表姐，乘车向外婆家所在的村庄驶去。

可是，车子开着开着，妈妈却突然大喊了一声："不对，我们迷路啦！我已经八年没回家了，这八年里，我们中国帮我的家乡援建了这么多条公路，我都认不清到底哪一条才是回家的路啦！"

司机赶紧刹车，妈妈下车去问路，幸好路边一个骑摩托车的小伙知道小安外婆家怎么走，还好心地在前面引路，小安一行这才顺利地到了外婆家。

可是，还没下车，小安就发现村口站着一大群大人和小孩。

小安仔细一看，立刻揪着妈妈的袖子叫了起来："啊，妈妈，是外婆，你看，是外婆、外公和舅舅、阿姨们！"

小安虽然从来没有来过外婆家，但这些亲人他常常在手机视频里见到，所以基本上都认识。

妈妈见了苦等在村口的外婆外公他们，迫不及待地推开车门，像豹子一样敏捷地跳下车，朝外婆冲了过去。

那边，外婆已经尖叫着冲了过来。

妈妈和外婆很快就拥抱在一起。这时，小安的舅舅、阿姨们也一起发出了快乐的尖叫声："嗷嗷嗷……"

他们边叫边跳，把妈妈团团围住了，把小安围住了，把爸爸围住了，把电视台的哥哥姐姐围住了。

"嗷噜噜，嗷噜噜……"外婆的村庄沸腾了，因为回家路上，每个人都载歌载舞。

回到外婆家，外公带头在一排凳子上坐了下来，然后外婆、舅舅、阿姨们都安静地坐了下来，妈妈则带着爸爸和小安一一向他们问好。

"谢谢你们，谢谢你们让玫瑰嫁给我，谢谢你们！"爸爸反复说着这一句话，半弯着腰，直直地伸出双手，跟每一个亲戚热烈地握手。

爸爸的样子又傻又真诚，他已经四十多岁了，可他还是一个毛手毛脚的新女婿，大家都好奇地盯着爸爸看，也好奇地盯着小安看。

以前，小安总觉得自己太黑了，可跟外婆一家比，小安发现自己好白净，发现爸爸更白净，简直是个"白雪王子"。

不过，此刻这个"王子"是多么谦卑呀！他迫不及待地打开行李箱，给大家分发礼物，那是从自家新茶园里摘来、自己烘制的一包包茶叶，是妈妈从商场里为大家买来的一件件新衣服，是爸爸妈妈一起烤制的一包包中国点心……

"小安，快给你的表兄弟、表姐妹们分糖果呀！"妈妈拿出好几袋大白兔奶糖，叫小安分给舅舅、阿姨们的孩子，小安看看这个，不认识，看看那个，也不认识，有的比他大，有的比他小，有的冲他笑，有的则一脸好奇地静静盯着他。

他心里有些发怵，但还是勇敢地朝他们走了过去，一边给他们分糖果，一边告诉他们，这叫"糖"！

小安的糖还没分完，在不远处的一棵大树下，竟然传来了妈妈的哭泣声——原来，妈妈看见她的外婆了，妈妈的外婆因为年纪大，腿脚已经不能走路了，她静静地坐在大树下的毯子上，远远地朝她的小玫瑰伸开了双手。妈妈飞似的跑了过去，抱住她的外婆，大哭起来："外婆，外婆，我太想你啦，外婆！"

这些话是小安自己脑补的，因为他听不懂妈妈说的乌干达方言，只看见妈妈紧紧地抱着她的外婆，哭得委屈又痛快。

远嫁中国，苦学汉语，在爸爸外出打工的日子里，一个人又当妈又当爹带大了小安，还天天外出干农活。这些年，妈妈过得好辛苦呀，好在她现在终于通过她的勤劳、勇敢、聪慧、善良，闯出了一条她自己的路。

呀，这么多年，妈妈太不容易啦！妈妈在小安面前，也曾流过很多思乡的眼泪。这一刻，所有的艰辛、坚持，所有的乡思、乡愁，都被她尽情地哭了出来。

妈妈抱着她的外婆大哭，小安则抱着糖果袋静静地哭。爸爸被外婆握着手，听见妈妈哭了，眼睛也红了，也默默地流泪了。外婆见此情景，也忍不住抱着爸爸哭了……

终于，妈妈哭够了，从她外婆怀里钻出来，擦擦眼泪，冲爸爸喊道："无线电，走，我们还要去给我家里人买礼物哦！"

"好，你带我和小安去吧！"对妈妈的吩咐，爸爸总是言听计从。

才到家没休息几分钟的小安一家，又出发去镇里的市场了。等傍晚他们回到外婆家，你猜，爸爸妈妈给外婆带回了什么礼物——一头羊！一头雪白雪白的大山羊！山羊很高，它的脊背都超过小安的肩膀了。它的块头都快超过爸爸了。它的胸肌很发达，走起路来屁股圆溜溜的，一滚一滚，很健壮，也很灵动。它还拖着一把白胡子呢，看上去好庄严、好威风！可是，它叫起来却"咩咩咩"的，好温柔、好娇气。

"你太有趣了，跟叶大爷的牛宝宝一样可爱，跟小母牛花花一样好看！我喜欢你！"小安很喜欢那头山羊，想去抱抱它，却差点儿被它用角顶到，那可是一对大尖角呀！

"你太凶了，我有点不喜欢你啦！"小安后退一步，对着大山羊做了个鬼脸。

这时，妈妈对爸爸说："无线电，你要把这头羊亲自交到我妈手里！"

"好，应该的！"爸爸牵着羊，微笑着走向外婆。外婆本来背对着爸爸，爸爸冲外婆喊了声"妈"，外婆一转身，啊，她突然看到一头高大健俊的大山羊站在自己面前。外婆乐坏了，立刻像刚见面时那样，激动地抱着那只大山羊，哇啦啦地尖叫起来，还灵活地摇晃着胖胖的身躯，热烈地跳起舞来。

"无线电，你也跟妈妈一起跳呀！我们这里就是这样的，快乐很简单。快乐就要叫出来，跳起来！"妈妈冲爸爸喊道。

"好，那你今天回老家，这么快乐，你也跳起来、叫出来啊！"爸爸怂恿妈妈。

于是，爸爸妈妈同时快乐地叫了起来、跳了起来，真像一对小孩。

"外婆家也太有趣啦，哈哈哈，我好期待明天快点到来，可以去更多地方玩，可以遇到更多有趣的事呀！"小安说着，扬声大笑起来。这时，外公叫喊着，跑过来抱住小安，和小安欢快地跳起舞来。

# 外婆家的『中国传说』

"咯咯咯……""呱呱呱……""叽叽叽……""喳喳喳……"

早上，小安再一次被嘹亮的鸟鸣声吵醒了。他喊了声妈妈，揉揉眼睛，从床上坐起身，习惯性地把目光投向了窗外。他想寻找白鹭，因为他睡得迷迷糊糊的，还以为自己在中国的家里呢！

窗外，也真的有一对大鸟，形似白鹭，细长腿，大长脖，双目滚圆，炯炯有神，正优雅地在草地上漫步。可它们的羽毛是彩色的，尾巴棕色，翅膀白色，翅尖黄色，背部黑色，脖子浅灰色，脑袋半白半黑，特别有趣的是，它的下巴上还系着鲜红的"领结"，脑袋上还顶着金丝羽毛。

如此色彩斑斓的"鹭"，小安还真没见过。

小安不禁饶有兴趣地打量起那对大鸟来。

"咯咯咯……"它们大声地鸣叫着，听上去就像在叫"哥哥、哥哥"，好玩极了！它们一边叫，还一边跳起舞来，纤腿跃动，矫健有力，白羽扑扇，呼呼生风，金冠摇曳，流光溢彩，在朝阳的照耀下更是熠熠生辉。

"这大鸟也太可爱啦！"小安惊叹道，一边还情不自禁地学那对大鸟打开了双臂，晃起了脑袋。

这时，妈妈从门外走了进来："小安醒了？那就起来吧，你爸爸正准备给大家做米粿吃呢！"

"妈妈，窗外那是什么鸟？"

"啊，是皇冠鹤，我们乌干达的国鸟，以前难得看到的，没想到你一来，它们就现身了。小安，这对皇冠鹤是在欢迎你啊！"

"也在欢迎你和爸爸啊！"小安继续晃动着双臂和脑袋，笑嘻嘻地说道。

"是在欢迎你！是在欢迎你！"妈妈也学皇冠鹤，跳起舞来。这时，爸爸进来了，他看见母子俩在跳舞，乐了："这里的人太喜欢跳舞了，你们一回来就被感染啦！"

"我们是在学皇冠鹤跳舞呢，爸爸快看窗外！"

小安献宝似的要爸爸看窗外的大鸟，可等爸爸走到窗边，那对大鸟却扑扇着长长的翅膀飞走了，只留下两道彩色的身影，爸爸看得目瞪口呆："这鸟头上真像戴了一顶金皇冠呀！可惜，来不及细看就飞走啦！"

爸爸遗憾地拍拍手，走到行李箱前，从里面拿出一包籼米、糯米混合的米粉，一包笋干，一包干虾仁，还拿出了一小沓干箬叶、一个粿印。这个粿印还是爸爸的爷爷奶奶留下的，有三个印模，一个雕刻着鱼形花纹，一个雕刻着莲蓬花纹，一个雕刻着石榴花花纹，刀工虽然不大精细，但样子也算栩栩如生，还有一种被粿油滋润的烟火美。这粿印跟咱们中国大多数的民间粿印一样，雕刻的都是吉祥图案。小安以前没注意过这个粿印，也没多想它有什么意义。没想到，爸爸竟把它也塞进了鼓鼓囊囊的行李箱。

"爸爸，你怎么把这个也带来了？"小安惊讶地问。

"向你外婆外公展示一下咱们中国的民俗文化啊！"爸爸俏皮地回答，又叮嘱小安，"你快起床，去帮外婆喂羊吧，我和你妈妈去做粿。"

等小安赶到系着大山羊的树下时，外婆已经在那儿喂了一会儿山羊了。呀，外婆是直接摘了树上的果子喂山羊的。小安抬头一看，那树上的果子，好多呀，好大呀，像一个个小冬瓜，却披着猕猴桃的外衣。

"妈妈，妈妈，这是什么树？"小安回头大声地问妈妈。他还不太会说外婆家的语言。

妈妈一边在门口帮爸爸做粿，一边高声回答儿子："是香肠树。"

外婆家很奇怪，房子挺好的，跟我们中国的差不多，但他们烧饭煮菜都在门外的树下，烧的还是小煤炉，他们的厨房特别简陋却特别宽阔。

此刻，爸爸妈妈就在外婆家门口搭了个小台子，当大砧板用。为了蒸粿，爸爸还拿了把扇子，在拼命地给炉子扇风呢！

"爸爸妈妈，你们像在野炊，真好玩！"

"是啊，像野炊！"爸爸笑着回答。

妈妈却叮嘱小安："小安，香肠树的果子你别吃啊，生吃容易拉肚子，要煮熟或者烤熟了才能吃。"

"那我给羊吃！"

"可以哦，长颈鹿、狒狒都很喜欢吃这种大果子呢！"

"外婆家真神奇！"

"是啊，这里也是你的故乡啊！"

"嘻嘻，那我们的故乡真神奇！"

"是的，是的，哈哈哈……"

小安摘下一个猕猴桃色的小冬瓜，放在山羊面前，山羊冲他"咩——咩——"地叫了两声，像在说谢谢。

外婆听见羊叫，高兴得一把抱起小安，呜哩哩地大叫了一声，把小安吓了一跳，也把山羊吓了一跳。

外婆则笑得更开心，叫得更舒心了……

不一会儿，爸爸就将包了笋干、肉末、虾仁末、葱末和美味酱料的米粿蒸熟了，有些米粿是"鱼粿"，有些是"莲蓬粿"，有些是"石榴花粿"，颜色洁白，模样可爱，每一个都像一件艺术品。妈妈还为每一只米粿点了红色的食用颜料，白粿上的红点点，好妩媚，好诱人。

外公、外婆、舅舅、阿姨们拿着这么精美的粿儿，左看右看，就是舍不得下嘴吃它们。

小安看看外婆，又看看外公，再看看舅舅、阿姨们，以为他们不知道怎么吃这米粿，就拿着一个莲蓬形的粿子在大家眼前展示了一下，然后"啊呜"一口咬了下去，一股浓香随之飘溢而出。太好吃啦！好吃得小安立马忘了自己在做"领吃员"，大快朵颐了起来，不一会儿就把那个莲蓬形的米粿消灭得一干二净。外婆看小安吃得这么欢，也毫不客气地把米粿送到了嘴边，三下五除二，将米粿吃完了，然后发出了舒心无比的长啸："嗷嗷嗷，哩哩哩……"

当然，其他人也纷纷将米粿送进嘴里，吧唧吧唧地大吃起来，最后每个人都为爸爸高高竖起了大拇指。

"无线电，你这个'毛脚女婿'已经成功抓住了亲人们的胃，俘获了亲人们的心，哈哈哈！"妈妈高兴得大笑，脖子一扭、腰肢一摆、屁股一甩，又开始跳舞了……

"那中午我再给他们烧好吃的！"爸爸开心地说。

"中午我要给你们烧香蕉饭吃，你们不是很想尝尝非洲美食吗？"

"嗯嗯嗯，我想吃！"小安和爸爸异口同声道。

"那好吧，我们到市场上买香蕉去吧！"妈妈很激动。

爸爸补充道："也买点其他的菜，我晚上给爸爸妈妈烧好吃的。"

"没问题，我跟爸爸妈妈说一声。"妈妈转身跟外婆叽里呱啦说了几句话，然后大声喊道："出发！"

电视台的那对哥哥、姐姐也跟着他们出发了。

他们开车去镇上，一路上看到的房屋基本上跟中国的差不多，妈妈说这是中国援建的，公路、桥梁跟房子都是。

到了市场，妈妈先逛了服装市场、劳保商品市场，给阿姨们买衣裙，给舅舅们买劳保用品。

小安在爸爸妈妈身边转来转去，他看看这个，是"Made in China"（中国制造），看看那个，也是"Made in China"，这几个英语单词他认识，知道是"中国制造"的意思。而且，这市场上，很多东西的商标写的就是中文呢。

"妈妈，这里有这么多东西都是我们中国生产的呀？"小安忍不住问。

"是啊，中国对乌干达的帮助很大很大。当时我也是因为在中国老板的家具店打工，才认识了你姑姑，最后才认识了你爸爸，才有了你呀！"

"我们中国真厉害！"

"我们乌干达也很好的，物产很丰富。你看，那里的大香蕉！"妈妈看见一个卖香蕉的摊子，立马带小安走了过去。

119

哇，那些香蕉就像一座座小山堆在地上，香蕉皮绿绿的、硬硬的，每一根都有小安的手臂那么粗，而且，都快有小安的手臂那么长啦！

"妈妈，这香蕉也太大了吧，一根我都吃不完！"小安摸着那香蕉，惊叹道。

"这叫饭蕉，主要是用来煮饭的，中午你就可以尝尝啦！"妈妈说着，买下了一挂比小安个头还大的香蕉。爸爸将它拎上车时，说道："我们才花了一百块钱，就把一座香蕉山买回家喽！"

回家后，妈妈和外婆、阿姨们一起剥香蕉皮，切香蕉肉，捣香蕉泥，蒸香蕉饭。爸爸也没有闲着，他给大家烧了一锅红烧肉。

于是，那天中午，小安既吃到了软糯香甜的乌干达"国宝饭"——香蕉饭，也吃到了酱汁鲜美、油润喷香的中国"国宝菜"——红烧肉。

外公外婆他们吃饭吃菜，既不用筷子，也不要汤匙，而是每人一个盘子，把饭菜都打在盘子里，用手抓着吃。

小安和爸爸，自然也入乡随俗了，他们用手抓着香蕉饭和红烧肉，吃呀吃呀，吃得满嘴流油，喜笑颜开。

爸爸说："用手抓饭吃，抓肉吃，让我感觉回到了童年啊！"

"我就是在童年啊！那我要回哪里去呀？"

“回到妈妈肚子里，嘿嘿嘿……”

“那肯定是回不去啦！妈妈，要不你再给我生个小弟弟或者小妹妹吧！”

“好啊，只要爸爸同意，我没问题！”

“同意！同意！”爸爸立马表态。

“弟弟或妹妹什么时候会有？”小安连忙问。

“在明天的明天的明天吧……”妈妈随口应道。

小安的口头禅不禁脱口而出：“好期待明天快点到来呀！”

惹得爸爸妈妈哈哈大笑。外婆外公虽然不知道他们在说什么，但看见女儿女婿笑得那么开心，也忍不住开怀大笑起来。

家里三四十口人也跟着大笑起来。不远处，香肠树下的山羊也跟着“咩咩”大叫起来，于是，大伙儿笑得更欢了……

仿佛是被外公外婆一家的笑声吸引过来的，下午，外婆家来了几十个客人，这都是本家亲戚。原来，他们是被外婆邀请来参加晚上的宴会的。

自然，宴会的主厨是爸爸。

外婆为有这样一个中国女婿而自豪，所以叫舅舅把家里的亲戚朋友都喊来了。

舅舅在屋外的树下摆了六七十张“中国制造”的塑料凳，亲戚们乌泱泱坐了一大片，比小安上学时一个班的同学还多。

“哇，爸爸，这么多人，你怎么办呢？”小安担心地问爸爸。

"别担心，我已经煮了一大锅牛肉，等下再煮一锅鸡肉，然后炒一大盆青椒土豆丝、一大盆木耳肉片，烧一大盆青菜，再烧一大盆西红柿炒鸡蛋就可以啦，一样一样舀在每个人的盘子里，就像吃自助餐，反而更好烧！"爸爸将晚上的菜单告诉了小安。

小安不禁表扬爸爸："爸爸，你也太厉害啦！"

"我本来就是个厨师嘛，这点场面，我还是压得住的，嘿嘿……"

果然，菜肴做好了，所有的家人、亲戚、朋友都吃得赞不绝口。六大锅菜连汤汁都被大家吃得一滴不剩。

妈妈又为大家送上了西瓜、葡萄、圣女果，大家吃得无比开心，不知不觉间，又开始载歌载舞，就像小安早晨看到的皇冠鹤的舞蹈，色彩斑斓，热烈奔放，灵动活泼，令人陶醉。

这是个有月亮的晚上，枝干挺拔的桉树，枝繁叶茂的香肠树，还有许许多多小安叫不出名字的花木，都静静地沐浴在如水的月光里。而外婆他们的歌舞，响彻云霄。

小安牵着外公的手，和着外公摇晃的节拍，扭来扭去地跳着自创的舞步，听外婆不时发出高声尖叫。小安也许是困了，他跳着跳着，看见月亮的脸越来越大，仿佛月亮也想下凡来跟外婆一起舞蹈呼啸呢！而且，月亮身旁还有一朵白云在飘来飘去。

小安望着那朵白云，忍不住跟外公讲了个故事："阿公，你知道吗？我爸爸给我讲过一个民间传说，叫《牛郎织女》，说天上的白云是织女织出来的。很久很久以前，有个织女和姐姐们到人间来洗澡，她的衣服被牛郎偷走了，没有衣服的织女不能飞回天上了，就做了牛郎的妻子，还跟牛郎生了两个孩子，可惜织女后来被王母娘娘拉回天上去了。我爸爸说，其实我妈妈也是个织女，而他是牛郎，织女不嫌他贫穷，嫁给了他。他们生下了我。明天的明天，还要给我生个弟弟或妹妹。但爸爸说，他这个牛郎是很幸福的，因为你们不反对我的织女妈妈嫁给他，所以呀，外公，我要谢谢您！"

外公哪能听懂小安这个现代版的"牛郎织女"的故事，但他知道"谢谢"是什么意思，所以他抱着小安，也说了声"谢谢"，还在小安的额头上重重地亲了一口……

# 我的妈妈叫玫瑰

外婆在扎针灸。

小安回外婆家的日子，外婆家天天门庭若市。外婆要陪那么多客人，她老人家又爱激动，动不动就唱唱跳跳的，结果，她的腰痛病犯了。

妈妈和爸爸带外婆去中国援建的医院看病，一个剪短发的女医生建议外婆扎针灸试试。

和外婆一起去的外公，见了那长长的银针，吓了一跳，冲着中国女医生直摆手，还连连说："No！No！No！"（不！不！不！）

外婆却笑着撩起衣服，表示愿意试试。

妈妈用方言问外婆："你胆子这么大呀，这长针你不害怕吗?"

"这是我女婿国家的医生,我相信她!"外婆自豪地回答。

很快,外婆的背上就扎满了一支支银针。

小安偷偷地跟妈妈说:"妈妈,你看外婆像不像一只刺猬呀?"

"像,外婆确实很像刺猬,哈哈哈……"爱笑的妈妈忍不住发出了她标志性的大笑,但很快就把嘴巴捂住了。

"妈妈真像小孩!"小安跟爸爸耳语。

"你外婆也像小孩!"

"嘻嘻,她们都跟我差不多大!我好喜欢妈妈和外婆!"小安感叹道。

"喜欢外婆就直接和她说呀!"爸爸鼓励小安。

小安点点头,羞羞地牵着外婆的手说:"Grandmother,I love you!"(外婆,我爱你!)

"Grandson,I love you,I love you,I love you!"(外孙,我爱你,我爱你,我爱你!)外婆躺在理疗室的床上,背上扎满了银针,却激动地大叫。

那一刻,妈妈感动得落泪了。

人间的哪个女子不希望自己的母亲和孩子相亲相爱呢?此刻,看到小安和外婆跨越了语言的障碍,深情地互相表白,玫瑰怎能不激动万分呢?

没想到,中国针灸不仅能为外婆治病,还成了加强小安和外婆交流的一座小小的桥梁……

经过连续五次的针灸治疗，外婆的腰痛痊愈了。她逢人便夸，中国的针真是太厉害啦，是名副其实的"神针"。

在陪外婆做理疗的过程中，小安和外婆也越来越亲。

因为语言不通，小安和舅舅、阿姨家的孩子一直不能打成一片。他虽然常常给他们分糖，但他们总是拿到糖就跑。小安有些落寞，就和外婆家门口小树林、小草原上散养的牛羊和小猪成了好朋友。

他给猪取名叫"佩奇""乔治"，给爸爸买给外婆的白山羊取名为"大白"，给外婆家的牛取名为"大刀"，因为外婆家的牛和叶大爷的牛不一样，虽然它们的毛色都是棕黑色的，但它们的牛角不一样。外婆家的牛，牛角又粗又大又直，就像一把把大刀呢！

小安一直亲昵地把外婆叫作"刺猬"。外婆不仅扎针灸的时候像刺猬，她那头飞扬蓬松的短发也像刺猬。不过，外婆的性格不像刺猬，而像一盆火，像一丛开得非常热烈鲜艳的花儿。

"外婆，我妈妈叫玫瑰，但我看你更像 rose（玫瑰）！"

外婆说："Your mother is a rose！Beautiful rose！"（你妈妈是一朵玫瑰！美丽的玫瑰！）

小安听懂了，知道外婆说的是他的妈妈才是玫瑰，美丽的玫瑰。

"我要去找两朵玫瑰花，一朵献给妈妈，一朵献给外婆！"

听了外婆的话，小安在心里暗暗打定了一个主意。

可这天中午妈妈告诉小安，他们明天就要启程回中国了。

"这么快？"小安问。

"我们在外婆家都快住了半个月啦，你还不想回家？"妈妈惊讶地问。

"我……"小安很想说自己要去给妈妈和外婆采玫瑰花，但话到嘴边，却拐了个弯，"我舍不得外婆嘛！"

"儿子，明年我们把外婆外公请到我们老家去玩！"爸爸赶紧表态。

"哇，请外婆去我们家，好啊好啊！"小安高兴得跳了起来。

午后，爸爸妈妈在午睡，小安一个人悄悄地溜了出来。他要去寻找玫瑰花。

小安跨过一畦畦燕麦草，越过一棵棵香肠树，从一排排桉树底下穿过，遇见了一片又一片的香蕉林。

呀，这里的香蕉，一挂一挂又一挂，密密麻麻，层层叠叠。虽然是青色的，不知为何却让小安想起了老家老屋上的红瓦。妈妈老家的香蕉，就跟爸爸老家的瓦片一样多呀！

小安走了很久，也没有找到玫瑰花，但他遇到了好多野花。他特别喜欢一种蓝紫色的花朵。这种花，花冠是蓝白色的，唇瓣是蓝紫色的，花蕊就像蝴蝶的触须，弯弯的，颤颤的。乍一看，这花真像一只只蓝蝴蝶呢！他还喜欢那一大丛一大丛的三角梅。三角梅他在浙江老家也见过，但在外婆的家乡，三角梅就像外婆一样，开得异常热烈，异常兴旺，异常鲜艳。还有一种开黄色的小花的蒲儿根，叶片肥嫩，花柄细长，花朵小巧圆润，就像无数把小黄伞被绿叶高高举起，撑在大地上，帮大地遮住了浓烈的阳光。

虽然外婆家在非洲，乌干达还横跨了赤道，但这里并不热，平均气温也就二十几度。可是，这里的阳光很强烈，才出来几小时，小安就被火辣辣的太阳晒得晕头转向了。

他在树林和野花丛中钻来钻去，好像迷路了，但他没有感到害怕，因为有只小狒狒吸引了他的注意力。这只小狒狒，个子虽然不及小安一半高，但它的额头上已嵌着皱纹，头发也稀稀拉拉的，有点像老人家的花发。小安最喜欢它那双大眼睛和那对大耳朵。小狒狒的耳朵是那么大那么薄，像风筝的翅膀。小狒狒的眼睛是那么大那么黑，让小安不由自主地想起了叶大爷的那头小母牛花花的眼睛。花花的眼睛里仿佛有个神秘的宇宙，这小狒狒的眼睛里仿佛也有个神秘的宇宙。

不知不觉间，他就跟着小狒狒走了。小狒狒从一棵大树爬到另一棵大树，它手脚并用，有时还像秋千一样荡来荡去，树下的小安呢，也跟着它一步步向森林深处走去。

他不断地举着双手，想摸一摸小狒狒，可他的动作哪有小狒狒那么灵巧。小狒狒一边爬树，一边还"嘀嘀"地叫。

突然，一只大狒狒从一棵高高的桉树上一跃而下，冲着小安龇牙大吼："嗷，嗷……"

这下，小安被吓坏啦！他转身就跑，像一阵风从一丛又一丛的野花上掠过，从一棵又一棵的大树下穿过，也不知跑了多久，只见眼前豁然一亮，而且有一股水汽扑面而来。天啊，他竟然跑到了一条大河边。碧绿碧绿的河水在河床上快乐地翻着跟头，翻出一朵又一朵浪花。而在另一边的河岸上，小安看到了一大片红红的花朵——呀，那不是玫瑰花吗？

小安想也没想，就脱掉鞋子，下了河。

可是，才走了十来步，河水就把他的裤腿打湿了。河里的浪花也越来越大，越滚越急。小安突然好害怕，连忙退了回来。

可是，看着对岸那火苗似的玫瑰花，他不甘心呀！

他在河岸上跑来跑去，想找一个水浅一点儿的地方过河，可没找到，还被一根木棍绊了一下，差点摔倒。

"对了，有了！"小安捡起那根木棍，把它插进河里，一边测量着水的深度，一边一步一步地慢慢往前走。

啊，幸好，河流最深处也只到他的腹部。终于，他来到了对岸，来到了那丛野玫瑰旁边。他伸手想去摘玫瑰，可是，玫瑰花枝上的刺却将他的手指扎破了。

"妈妈，痛！"他本能地叫了一声。可很快就想起来妈妈并不在他身边，他是一个人偷偷溜出来的。

"好吧，我自己来！"小安喃喃着，把被花刺扎破的右手中指放进嘴巴里吸了吸，然后小心翼翼地靠近玫瑰花，左看右瞧，找到一枝花儿初开，还缀着花骨朵的玫瑰，先轻轻剥去了花茎上的尖刺，然后才将它拗断，摘了下来。然后，他又用同样的方法摘下了另一枝玫瑰。

现在，给妈妈的玫瑰有了，给外婆的玫瑰也有了。

可是，回家的路呢？

直到这时，小安才蓦然发现，他迷路了。

他的面前，除了横亘着一条活泼的河流之外，还有无数的野花、大树，就是没有看到村庄和房屋，更不要说看到外婆的家了。

啊，这可怎么办？

"妈妈，我迷路啦！妈妈，妈妈，妈妈……"小安顿时吓得大哭起来，一遍又一遍地喊着妈妈。

而且，糟糕的是，太阳也快要落山了。

下午出来时，那么热辣辣的太阳，现在已经一点儿也不晒了。太阳的脸蛋越变越大，脑袋越来越沉，已经挂在了西边的树梢上。

不管多大的树，当然都扛不动自天而降的那轮落日。在大地上，仿佛只有河流才能把落日托住。眼看着西边的太阳慢慢往河里坠去，小安急了，他一手拿着玫瑰花，不管不顾地朝刚刚过河的地方走了回去。

看他没有木棍的支撑，一朵浪花笑嘻嘻地来欺负他了。一个浪头打来，他一个趔趄，差点被水冲走。

"妈妈，妈妈……"小安吓得大哭起来。不过，不管浪花如何恶作剧，如何想把他放倒，他依然紧紧地抓着手中的两枝玫瑰花，说什么也不愿把它们白白地送给浪花。

就在小安站在水中左右摇晃，进退维谷，吓得哇哇大哭时，岸边出现了一个用自行车驮着一大捆香蕉的中年男人。他一见小安，便忙把车子立住了，一个纵身就跳下河岸，冲进水里，一把将小安抱了起来，嘴里还大喊着："China！China！"（中国！中国！）

"您认识我吗？"小安用中文问他。

那人肯定没听懂小安在说什么，但他笑着朝小安频频点头，又喊："China！"

小安知道，这位陌生的小阿公肯定认识他。

自从小安和妈妈回到外婆家，每天都有很多人来看他们。妈妈、爸爸、小安，都成了当地的名人。

"我迷路了，不知道怎么回家啦！"小安举起手里的玫瑰，对那位小阿公说，"我来给妈妈和外婆采玫瑰花，可我迷路了，您能送我回家吗？"

那位干瘦的小阿公冲他点点头，露出一脸灿烂的笑，他整齐的牙齿像贝壳一样闪闪发亮。

然后，他指指岸上的自行车和后面堆得像座小山似的香蕉，笑着跟小安哇啦哇啦说了一大通小安根本听不懂的话。

但他那真诚的笑，让小安感受到了他的善意，懂得了他的友好，所以小安也笑着冲他频频点头。

这位小阿公见状，就把小安抱上了岸，还把他放在了"二八"自行车的前杠上，然后跨上车，在崎岖的河边小路上努力地骑了起来。

小安不认识这位小阿公，但认识他骑的自行车，这样的自行车他中国家里也有一辆，但爸爸已经很久不骑它了。但他来到乌干达外婆家后，发现这种"二八"自行车原来是一种很时髦的交通工具，外婆村庄里的那些舅舅阿公很喜欢骑着它外出，骑着它拉货，骑着它到处跑。这种自行车简直人见人爱，花见花开。

此刻，小安就是坐在这样一辆自行车的前杠上，任夕阳抚摸着他的脸蛋，任风儿吹拂着他的身体，任路边无尽的绿色把他手里的玫瑰花衬托得鲜艳无比……

也不知这小阿公是不是会魔法，他背后驮着一座香蕉山，前面驮着一个"China"小孩，居然骑得还挺快，从河流上游穿过一座木桥，然后钻过一片又一片树林，最后，在天黑之前，把小安安然无恙地送到了外婆家。

啊，他们的身影才刚出现在外婆家门口，四面八方就冲过来几十个亲戚，把小安和那个送他回来的小阿公团团围住了。

原来，半天不见小安，妈妈以为小安走丢了，这些亲戚都是赶过来寻找小安的。

妈妈见了小安，就像森林中那只突然出现的母狒狒一样，大声吼叫着，一个健步冲上来，直接就把他从"二八"自行车的前杠上抱了过去："小安，你去哪里啦？我们都急死了！"

"花，玫瑰花，送给你的！"小安把玫瑰花递给妈妈，还举着另一枝花，说，"这个送给外婆！"

妈妈没有接花，而是把小安抱得更紧了，哗哗的泪水就像决堤的洪水，一下子就把她的脸颊淹没了。

外婆也呼啸着扑过来，一把搂住女儿和外孙，双手就像铁箍似的，抱得小安后背好痛。

"外婆，这朵玫瑰送给你！"小安把花递给外婆。外婆这才松了手，把花接过去，低头一个劲地嗅着玫瑰花，嗅着嗅着，泪水滴答滴答地打在了玫瑰花上……

那晚，为了报答那位送回小安的恩公，也为了烧一餐令大家难忘的"告别宴"，爸爸和妈妈使出了浑身解数，又炖又蒸，又炸又炒，又上凉盘又上热菜，一共做了十六道菜，有清炖鸭子、小炒公鸡、红烧牛排、蒸肉圆、炸虾仁等，而主菜则是一个大猪头——这可是爸爸从上午就开始准备的，那时，他还不知道儿子会"失而复得"呢！这个大猪头，足足煮了三个多小时，肉质嫩滑，入口即化，猪耳朵、猪舌头又保留了一定的韧劲，猪骨头缝里的肉丝更是鲜香无比。这一顿大餐，让亲戚朋友们吃得"咯咯咯"地打出了一连串的饱嗝。

至此，这个来自中国浙江的"毛脚女婿"，凭一手过硬的"中国菜"功夫，把所有的亲戚朋友彻底征服了。

"China! China! China!"那个把小安送回来的好心的小阿公，还是第一次吃中国菜，他感觉太惊艳了，不断地喊着"China"，十分激动。

妈妈请他以后有机会去中国玩，他使劲地点头，又喊："China! China!"

小安自然忍不住笑了。

这次来外婆家，他收获了太多太多，他暗暗发誓，一定要把他非洲家乡的故事讲给翔翔哥哥听，讲给倪霞阿姨听，讲给小梅阿姨、英英阿姨、美卿阿姨听，当然，还要讲给叶大爷和他的大牛小牛听。等开了学，还要讲给同学听、老师听、校长听。平生第一次，他为自己是中国人而感到如此骄傲，也为自己是非洲人的外孙而自豪。今天这个救他回来的素昧平生的小阿公，也让他更深切地感受到了非洲家乡人的善良、淳朴与可爱。

夜渐渐深了，繁星满天，虫吟遍野。

妈妈抱着小安，偎依着外婆，坐在门口，久久不愿回房睡觉。

小安为妈妈和外婆采的玫瑰，插在一旁的花瓶里，静静沐浴着星光和从屋里投射出来的灯光。

外婆指着瓶中的玫瑰花，通过妈妈的翻译告诉小安："你妈妈是一朵非常坚强的玫瑰，当年，她凭着对中国的无比信任，对爱情的无限向往，毅然决定一个人奔赴中国，嫁给了你爸爸，虽然过了许多年辛苦的日子，但她依然说她很幸福，说她的梦想在中国的土地上开了花。小安，老实说，我很佩服我女儿的勇气，她是个好女儿，更是个好母亲，你一定要更爱你妈妈，支持她，让她的梦想开出更大的花！"

"外婆，我保证，一定会更爱我的妈妈！我会永远永远支持她、保护她！因为我的妈妈是最勇敢的玫瑰，最美丽的玫瑰！"小安请妈妈这样告诉外婆。

呀，外婆和妈妈一起紧紧抱住了他，爱笑的她们又哭了。

星空下，她们的泪就像宝石一样晶莹，也像玫瑰花瓣一样柔软、芬芳……

# "一带一路"的孩子

"咕咕咕，咕咕咕……""唧唧唧……"

又一个早晨，小安被窗外密密匝匝、清脆嘹亮的鸟鸣声吵醒了。

"这是在哪里？"小安有点恍惚。

他从乌干达回国三天了，却常常感觉自己还在外婆家。尤其是斑鸠的叫声，总让他想起外婆家皇冠鹤的叫声。

正在他迷迷瞪瞪不知身在何处之际，"咚咚咚，咚咚咚……"有人在敲门。

"肯定又是美卿姐，又来吵我赖床！"妈妈笑道，原来妈妈早就醒了。

爸爸套上衣裤，赶紧去开门，果然是美卿阿姨，不过她身后还跟着一个高大的"保镖"——她的儿子翔翔。

"小安，小安……"翔翔一进门就喊小安。

"呀，翔翔哥哥！"小安听见翔翔的声音，连忙从床上滚下地，一个箭步就冲出了房间，"翔翔哥哥，我给你带了外婆家的香蕉片呢，我马上给你拿来！"

"哇，小安，你还从乌干达给我带礼物了呀？"翔翔好激动。

"我们是好朋友嘛！"小安说着，又像小狒狒似的跳回房间，从旅行箱中拿出一大包香蕉片，送给了翔翔。

翔翔可是一点儿也不客气，撕开包装袋，抓了一大把香蕉片就往嘴里塞去，嘎嘣嘎嘣，吃得好香。

"我这儿子，就是馋鬼托生的，胃口好得不得了！"美卿阿姨哂笑道。

"胃口好才好呀，瞧他长得多高大！"爸爸说着，转向小安，"你要向翔翔哥哥学习，多吃快长，长得高高的、壮壮的！"

"我已经是班里最高的男生啦，爸爸你忘了？"小安提醒爸爸。

"没忘没忘，我儿子也是好样的！"

"那是因为我个子高，他随我呀，哈哈哈！"妈妈自豪地说，然后又问美卿阿姨，"美卿姐，这么早有什么事吗？"

"倪霞塑料大棚里的羊肚菌大丰收，我来约你去帮她采羊肚菌。"

"哇，她种成功啦？我刚回国，还没来得及联系她！"

"是啊，我们快点去帮忙吧！"

"别着急！无论如何，早饭还得吃呀！"爸爸拦住她们，"我简单烧点面条，大家吃了再走。美卿姐和翔翔也一起吃点。"

"我们在家已经吃过早饭啦！"美卿阿姨连忙推辞道。

正在吃香蕉片的翔翔却高高举起手臂说："我要，我要！"

"哈哈哈，真是个好孩子！大家都吃点，美卿姐你也来一点儿吧！"爸爸说完，就快步向厨房走去。

也就一刻钟，五碗笋干、肉丝、鸡蛋丝做浇头的阳春面，就被爸爸用托盘端到了八仙桌上，这时，妈妈和小安才刚刚换好衣服、洗好脸呢。

"哎，玫瑰，你老公太好啦！又体贴又能干又细心，你嫁给他太有福气啦！"美卿阿姨一边吃着美味的面条，一边跟妈妈夸赞爸爸。

"啊呀，我爸爸把我妈妈从天边那么远的乌干达娶过来，不对她好点儿，对得起我妈妈吗？对得起他们的儿子小安我吗？"小安抢在妈妈开口前，幽默地跟美卿阿姨说道。

"就是，我不对玫瑰好点，我对得起我儿子和他妈妈吗？"爸爸也风趣地回应，惹得妈妈大笑，笑成了一朵灿烂的黑牡丹……

不到一小时，妈妈那标志性的笑声就飘进了倪霞阿姨的羊肚菌大棚里，也飘进了短视频里："亲爱的粉丝朋友们，我刚从乌干达回来，就迫不及待地来到了这个大棚，我要和我的好姐妹一起采羊肚菌。羊肚菌可是好东西，是很珍贵的食用菌，不仅香味独特、味道鲜美，还具有美容养颜、强身健体的功效。快，大家快跟着我一起采羊肚菌吧！"

说着，妈妈就和爸爸、倪霞阿姨、美卿阿姨、翔翔哥哥等人一起采羊肚菌。

"妈妈，你看，这羊肚菌很像一个个大拇指呢，就像大地伸出的大拇指，在为我们点赞！"小安一个一个地采着羊肚菌，忽然想到了一个好比喻。

"我看它们是在为自己点赞，说自己又好吃又营养呢！"翔翔的想象力也很丰富。

"哈哈，你们说得真好！这些羊肚菌是一个个多么珍贵的大拇指呀！"妈妈大笑道。

在妈妈的笑声里，小安朝大棚门口伸出一根手指说："妈妈看，涂伯伯来了！还有好几个叔叔，他们也来给倪霞阿姨采羊肚菌吗？"

"涂哥也来帮忙啊，欢迎欢迎！"妈妈就像主人似的，站起来迎接那群"帮工"。

"我们不是来采羊肚菌的，我们是来找你这非洲玫瑰的！"涂伯伯开门见山地说道。

"难道你们要种非洲玫瑰？"听了涂伯伯的话，小安脑子里

"哗"的一下就开满了外婆家乡河岸边的那种野玫瑰。

"他们是县里的领导，想请你们去参加第三届'一带一路'国际合作高峰论坛，因为你们是中乌两国的友好使者啊！"

听了涂伯伯的话，倪霞阿姨立马在一旁羡慕地叫了起来："哇，玫瑰，你好厉害！"

妈妈却有点蒙。

怔了一会儿，她才说道："'一带一路'我知道，我之所以嫁到中国，实际上就是'一带一路'做的媒。'一带一路'要我去开会，我当然要去。那要到哪里去开会呢？"

"北京，会议在十月中旬，你们一家要提前一个月去，因为要排练、要拍宣传片之类的。"一个戴眼镜的叔叔对妈妈说道。

"啊，那小安读书怎么办？"妈妈脱口而出。

"只能以后补课了。"那叔叔耸耸肩，摊摊手，说道。

"那可不行，小孩子怎么可以一个月不去上学呀！"妈妈不假思索地说。在她心中，"一带一路"固然重要，但小安的学习也很重要啊！

可小安听到"一带一路"这个词，眼中犹如突然升起了彩虹，他目光炯炯地说："妈妈，我想去北京，想去'一带一路'！你不是常跟我说感谢'一带一路'把你带到了中国吗？外婆外公他们也说多亏了'一带一路'给乌干达人带来了好日子……"

"是啊，我很感谢'一带一路'呀！不仅外公外婆，我们非洲人都很感激'一带一路',没有'一带一路',我们非洲就不会刮起阵阵'中国风',就不会有那么多'中国传说'。可是,要是一个月不读书,你的成绩不就要垫底了吗?"

"妈妈,妈妈,你放心啦!"小安很激动,对妈妈说,"你刚嫁给爸爸时,三个月就学会了说普通话,我一个月不去上课,就花三个月补上功课,你看行不行?"

"小安说得很有道理呀,你就答应吧!"爸爸在一旁帮腔。

"有这么好的机会,能去北京待一个月还不去呀?"美卿阿姨也在一旁起劲地嚷嚷。

倪霞阿姨则干脆地说:"去去去!我帮你决定了,玫瑰一家要去北京参加'一带一路'论坛喽!"

"行,就这么定啦!"涂伯伯开心得直拍手,像小孩子一样,"这样我们村也直接跟'一带一路'挂上钩啦。"

这时,翔翔哥哥慢悠悠地表态:"小安一年级,我六年级,我可以给他补课,做他的小老师呀!对了,我很快就要读初一啦,是初中生,完全有资格给小安补课的。"

"是啊,是啊,儿子,这主意好!玫瑰,现在你没啥好担心的了吧?"

"是啊!"玫瑰激动得一把搂住了两个孩子……

一周后,小安开学了。

那是个雨天。山峦、田野、小溪,都在小雨中披上了一层七彩的雨衣。青翠的树木,碧绿的茶园,金色的稻子、紫红的甘蔗，大红的辣椒……都被秋雨刷上了一层明媚的色泽。

妈妈一手牵着小安，一手举着把蓝色的大伞，要送小安去山下公路上等校车。现在，小朋友们上学，每天都会有校车来接送了。

可是，他们才刚刚来到小溪旁的公路上，就有一辆白色的小轿车快速逼近了他们。

"哎，妈妈，小心！"小安本能地跳到妈妈面前，将自己挡在了妈妈和那车子中间，一双大眼睛不满地盯着那车子，仿佛在呵斥车里的司机："你是怎么开的车？都快撞上我们啦！"

车子却没有被小安的眼神击退，而是"嘎"地停在了他们面前。

很快，车窗就摇了下来——啊，开车的司机，竟然是爸爸！爸爸竟然会开车啦！

"爸爸！"小安惊喜地喊道，满眼的愠怒全化成了一个个大问号。

"上车吧，儿子！这车是我们自己的，新型电车，怎么样，好看吗？"

"好看！爸爸，你什么时候买的？你什么时候学会开车的？"

"刚买的，但我早在偷偷学车了，就是为了给你一个惊喜！"

"爸爸，爸爸，你真好！你真能干！"小安跳进车里，给了爸爸一个大大的拥抱。

"目的达到喽，哈哈哈！"

爸爸大笑。妈妈大笑。小安也大笑。

这一家人的笑声，仿佛将笼罩在田野上的"雨衣"吹成了一个硕大无朋的气球，在天地间飞啊飞，空中的每一个雨点也"沙沙沙"地笑出了声。

空中的雨点在笑，路面上的雨水也在爸爸的车轮下嗤嗤地笑。

妈妈搂着小安，问："宝贝，记得去年你很害怕去学校，现在不怕了吧？"

"嗯嗯，不怕啦！不怕啦！我都是两年级的大哥哥啦！现在，我好喜欢我的学校呀！"

"哈哈哈，都是两年级的老哥哥啦！"妈妈大笑。

"嘻嘻嘻……"小安和爸爸也笑。

"知知知……"路旁的树上，知了也在小雨中傻乐。

不知不觉，学校到了，小雨也停了。小安才跳下爸爸的车子，就有几个同学冲他跑了过来："小安，小安，听说暑假里你去非洲了，去你外婆家了，那里好玩吗？"

"好玩呀，那里有香蕉饭，有香肠树，有皇冠鹤，有野玫瑰，还有很多很多亲人，我妈妈说那里也是我的家乡……"

"好羡慕你，有两个家乡。"突然，有个同学这么喊。

"是啊，小安有两个家乡哦！"

"小安，有两个家乡呢！"

其他同学也喊。

在同学们吵吵嚷嚷的围簇中，一股幸福感蓦然涌遍小安的全身。他骄傲地扬起头，阳光下他黑黝黝的皮肤似乎有了别样的光彩。

"嘿嘿，有两个家乡的小安，你要不要来跟我'撞马'？"一个高年级男生路过小安和他的同学身旁，问小安。

"怎么撞？"小安问。

"我架起一条腿，你也架起一条腿，我们单腿跳着撞向对方，谁架起来的那条腿先掉下来就算输！"

"哦，这个我会！"

小安说着，立刻把右腿架在左腿膝盖上，左脚蹦蹦跳跳地，撞向了对方。

"哇哇，小安力气好大呀！"高年级同学才接了一招，就后悔了，忙说，"下雨天呢，地上滑，不安全，我走啦！"

哈哈哈，看着那高个子大哥匆忙逃走的背影，小安和他的同学都忍不住哈哈大笑起来。

就这样，小安在一片笑声中开启了小学二年级的读书生涯。他是那么与众不同，跟同学在一起，又是那么融洽开心。他融在班集体中，就像一滴水溶于一池水一样寻常，就像一粒泥土融于一片田野一样自然，也像土豆芽、水稻秧、小麦苗一样，各有各的不同，各有各的天性，各有各的故事……

可两周后，同学们发现，小安不见了。他一天没来上学，两天没来上学，连着好几天都没来上学……

"吴小安呢？""小安怎么不来上学啦？""难道他跟妈妈真的回非洲老家去了？"

同学们追着老师问。

"保密！"老师却回答得好神秘。

玫瑰妈妈希望老师保密，不想在论坛正式开始前就闹得尽人皆知。爸爸妈妈还悄悄停止了短视频的拍摄，以至于人们忍不住猜测，这非洲媳妇是不是和中国的"毛脚女婿"离婚了，是不是已带着孩子跑回非洲乌干达去生活，再也不回来了。

而在中央广播电视总台的院子里，小安正在和一群特殊的朋友做游戏。这群特殊的朋友，就是初秋的黄叶。

在浙西老家，九月下旬，是很难看到秋叶的，不像北京，已经有一片一片的黄叶落下。小扇子似的银杏叶，小玉米饼似的黄栌叶，小枣子似的槐树叶，小鸡爪似的槭树叶……它们都是小安的好朋友，小安喜欢一张一张地将它们捡起来，做课本里的书签，做爸爸光脑门上的"头发"，还将它们穿成一串一串的，做成色彩斑斓的树叶项链，让它们陪他一起等妈妈"下班"。

最近啊，妈妈可是在央视大楼里"上班"哦！因为她正在电视台默默排练《丝路金桥成就美好生活》的节目，准备在"一带一路"国际合作高峰论坛的"民心相通"专题节目中亮相。

这个节目是七分钟的情景剧。从来没有演过戏的妈妈，要做演员，表演这个情景剧，虽然演的是她如何从非洲嫁到浙江，如何享受平凡而幸福的生活，如何一不小心成为拥有千万粉丝的"助农主播"，如何和非洲闺密一起直播带货的真实生活经历，但情景剧是有台词的，导演要求妈妈每一句话、每一个动作、每一个表情都不能出错，所以，妈妈得一遍一遍又一遍地背台词，得一回一回又一回地走台步，得一丝一丝又一丝地练表情。

面对这样的"一遍一遍又一遍""一回一回又一回""一丝一丝又一丝"，小安在"一天一天又一天"的观看中，早已从新鲜、好奇、激动，变成了疲惫、焦躁、无奈，每次一到排练厅，身上就像有毛毛虫在爬，害得他怎么也坐不住。轮到他上台配合妈妈的表演时，他的动作也越来越敷衍了。

可妈妈呢，却没有流露出半丝不耐烦，也没喊半声累，没发半点牢骚。相反，妈妈总能用最饱满的情绪去完成导演和助手老师们的一切排练要求。

小安怀疑妈妈的心是个功力特别强大的发动机。它发的电，不仅把妈妈的眼照得闪闪发光，脸照得闪闪发光，整个人照得闪闪发光，而且把忠实陪伴在妈妈身后的爸爸也照得闪闪发光。如果说妈妈是太阳，那么，爸爸就是绕着她转的月亮。只不过他们总是同进同出、日月同辉。

这天，见妈妈"下班"了，蹲在院子里玩落叶的小安，立刻将一挂黄叶项链挂到了妈妈的脖子上，问妈妈："妈妈，为什么，都这么多天了，你排那同一个节目还这么认认真真、高高兴兴的，爸爸说你像捡到了金元宝哪！"

"哈哈，儿子，妈妈是捡到金元宝啦！就像倪霞阿姨电话里说的，'一带一路'就是我们的金桥，我们的金元宝啊！我想通过我们的表演，让全世界人民都感受到这座金桥这个金元宝的力量！"

"啊，那你和爸爸，还有我，难道是金子做的吗？"

"这是比喻啊！"

"嗯嗯，我知道啦！我懂了！"

母子俩说着，忍不住同时大笑起来。

节目组的老师们，在小安和妈妈身后听到他们母子俩的笑声，都忍不住感叹："这母子俩的性格这么好，还真像'一带一路'给我们带来的金子啊！"

"嘻嘻，你们也是哦！你们都是为'金桥'砌'金砖'的人！"小安机敏回应。

这话可把一群下班的人全逗乐了……

在艰苦又不乏温情的排练中，日历像秋叶，片片飘零，不知不觉间，国庆节到了。

这天凌晨四点，窗外黑乎乎的，还没有任何鸟儿开始唱歌呢，小安就被妈妈吵醒了。

"宝贝，起床喽！"妈妈没有大呼小叫，而是贴着小安的耳朵温柔地轻唤。

小安听见妈妈的声音了，但他的眼皮很重，两只眼睛就像被外婆家的香肠果压着似的，睁也睁不开。

"你忘了，昨天我们说好的，今天要去天安门看升国旗呀！你昨晚还说期待明天早点来到呢！现在，'明天'已经到啦！"妈妈抚摸着小安的头，她的大手就像一张荷叶，盖住了一个可爱的莲蓬。

小安顿时欢呼着弹跳起来："哇，去天安门看升国旗喽！"

"哎呀，'天安门，升国旗'这六个字真像魔法棒啊，稍微一挥，小安就清醒啦，哈哈哈……"妈妈扬声大笑，把睡眼蒙胧的小安完全震醒了。

匆匆洗漱，急急上车，耐心等待。

六点十分，天安门广场上那庄严的升旗仪式终于开始了。

看，国旗护卫队的叔叔们站得多直啊，每个人都像高高的杉木。

看，那被他们簇拥着的五星红旗，在晨曦的映照下显得多么红润啊，像烈士的鲜血，也像初升的红日。

听，那军乐团的演奏，是多么雄壮有力，多么嘹亮刚健，多么激动人心啊！

听，国歌的旋律响起来了，无数人跟着一起歌唱，五星红旗的一角被迅疾一抛，然后，在国歌声中冉冉升起。

小安忍不住拉了拉胸前的红领巾，举起右手，向国旗敬了一个庄严的少先队队礼。

这红领巾是起床时妈妈特意叫他戴上的。

当五星红旗升到旗杆顶端时，一群鸽子扑扇着洁白的翅膀，腾空而起，飞向月白的天际、美丽的朝霞。

小安放下右手，看看飘扬的五星红旗，看看飞翔在蓝天上的白鸽，不知为何，眼眶一热，泪水竟霎时溢满了眼眶。小安回头看了妈妈一眼，他发现，妈妈那双美丽的大眼睛里也包着一层晶莹的泪花。再看爸爸，他也一样。

"我们好像都哭啦。"小安说。

"作为一个中国人，我太自豪啦，太激动啦！"爸爸说。

"就是啊，我感觉自己嫁到中国来，太幸福啦！"妈妈说着，大大的手掌再一次像荷叶一样盖在小安的脑袋上，小安又成了一个可爱的小莲蓬……

这天，看完天安门广场的升旗仪式，他们一家人还去了八达岭长城。

八达岭人山人海，那沧桑、巍峨、蜿蜒的"巨龙"让小安心潮澎湃。他又一次不由自主地举起了右手，向长城敬了一个庄严的队礼。

"小安懂事了！"妈妈看到这一幕，牵着爸爸的手，欣慰地说。

"不到长城非好汉，他今天到了长城，就是好汉了哦！"

爸爸的话传进小安耳中，小安回头冲爸爸喊道："爸爸，你也是一个好汉了哟！"

"哈哈哈，那我也是啊，我也到长城了啊！"妈妈笑着跟小安说，"我很小的时候，就知道中国了，中国的长城和天安门是我最向往的地方，没想到今天都到了，就像做梦一样，我们一家还成了'一带一路'的代表，小安，离正式开会还有半个来月，我们一定要好好排练，把节目效果做到最好！"

"嗯嗯，妈妈加油！爸爸加油，我也要加油！"小安背倚长城，给妈妈和爸爸打气，也给自己打气。

因为心怀敬意，态度虔诚，在接下来的排练中，小安一家的表现更突出了。

一眨眼，第三届"一带一路"国际合作高峰论坛开始了，小安背着小书包，和爸爸妈妈一起向论坛的"民心相通"专题组走去。一路上，他那小小的身影，在人们的眼睛里点燃了一朵又一朵的笑花："瞧，这个孩子，多可爱！"

妈妈和来自非洲的艾丽娅阿姨开始表演情景剧《丝路金桥成就美好生活》，妈妈扎着高高的马尾辫，声音清脆如百灵，动作自然如流水，笑容璀璨如鲜花，真的像一朵美丽、热情又能干的玫瑰花。

小安和爸爸也上了节目，和妈妈一起展示一家人相亲相爱的美好生活场景。

爸爸戴着帽子，神情有些拘谨，小安却笑眯眯的，虽然有点羞涩，却跟爸爸妈妈配合得十分默契——他其实无须表演，因为在日常生活中，他就是一个备受呵护的中非人民的爱情结晶，是一个真正的"'一带一路'的孩子"……

从北京回来，小安走进学校的第一天，他发现，每个人都在盯着他看，就连校园里的花草树木、小鸟小猫也像在饶有趣味地盯着他看。

但小安没有害怕，而是微笑着向每一位同学、老师打招呼。因为他的妈妈是玫瑰，勇敢而坚强的玫瑰，热情而开朗的玫瑰，美丽而芬芳的玫瑰。妈妈的经历告诉他，他的身体里既流淌着跟妈妈一样的血液，也流淌着中国人那勤劳质朴、英勇无畏、友好善良的血液。他其实就是一座"桥"，是爸爸妈妈的爱之桥，是中非人民的友谊桥，更是美好未来的希望桥。他愿意和每一个中国孩子一起，和每一个非洲孩子一起，和地球上所有的孩子一起，携起手来，微笑着面对成长路上的一切挑战、一切困难，大踏步地朝前走，走向一个更和平、更安宁、更富饶、更强大、更幸福的明天。

呀，好期待这样的明天快点到来呀！